AF173456

www.ingramcontent.com/pod-product-compliance
Lightning Source LLC
Chambersburg PA
CBHW072159060526
44654CB00046B/1356

* 9 7 8 9 3 5 8 7 2 6 8 4 8 *

دنیا کا پل صراط

(ناول)

مصنفہ:

روشنی

© Taemeer Publications LLC

Duniya ka Pul Siraat (Novel)

by: Raushni

Edition: March '2024

Publisher :

Taemeer Publications LLC (Michigan, USA / Hyderabad, India)

ISBN 978-93-5872-684-8

© تعمیر پبلی کیشنز

کتاب	:	**دنیا کا پل صراط** (ناول)
مصنفہ	:	**روشنی**
پروف ریڈنگ / تدوین	:	اعجاز عبید
صنف	:	ناول
ناشر	:	تعمیر پبلی کیشنز (حیدرآباد، انڈیا)
سالِ اشاعت	:	۲۰۲۴ء
صفحات	:	۵۰
سرورق ڈیزائن	:	تعمیر ویب ڈیزائن

ہانگ کانگ روشنیوں کا ملک، جہاں کبھی رات نہیں ہوتی۔ فلک بوس عمارات کا ایسا جنگل جہاں سورج کو بھی زمین چھونے میں دشواری ہوتی ہے۔۔ رات کو مصنوعی روشنیوں کا ہجوم دن کا سماں بنائے رکھتا ہے۔۔ اتنی چکا چوند میں سائے بھی اپنا منہ چھپالیتے ہیں۔ کنکریٹ کے اس جنگل میں ایک ساٹھ منزلہ پروس پر س گارڈن کی اپنی الگ ہی چھب ہے۔

بیسواں فلور پروس پر یس گارڈن اسلامک سنٹر کے صدر خالد علوی نے ایک فلیٹ میں ذیلی مدرسہ قائم کیا تھا،جو مرکزی مسجد کے دور ہونے کی وجہ سے مشکل کے شکار مسلمانوں کے لئے در رحمت ثابت ہوا۔اس مدرسے کی امامت ایک عربی نژاد بزرگ مولانا صدیق کے ذمے تھی۔۔ انہوں نے اپنی خدمات رضاکارانہ طور پر مدرسے کو سونپی تھیں۔۔

مدرسہ کے بالکل سامنے والا فلیٹ ایک عیسائی جوزف کا ہے، ہر ویک اینڈ اس،سب کے دوست وہاں ہنگامہ برپا کیے رکھتے ہیں۔۔ پینا پلانا، ناچ گانا ان کا شغل ہوتا ہے۔ جوزف اور اسمتھ بزنس پارٹنر ہیں۔۔ کیتھی اسمتھ کی بہن ہے اور ڈاکٹر ہے۔ جوزف اور کیتھی ایک دوسرے کو پسند کرتے ہیں۔ان تینوں کی تکون، پانچ سال سے اکٹھی ہے،ایک دوسرے میں گم، ارد گرد سے بے نیاز، سیدھی سادی زندگی گزارتے ہوئے، آنے والے لمحوں کے خواب بنتے دن گزر رہے تھے کہ وقت نے پلٹا کھایا اور اک نئی کہانی شروع ہوگئی۔

مولانا صدیق مدرسے میں صفوں کی درستگی کے دوران ملنے والے کانچ کے چھوٹے چھوٹے ٹکڑوں کو اٹھا کر فلیٹ سے باہر کچرے کی بالٹی میں پھینکنے کے لئے گئے۔۔ وہاں ایک طرف پڑی شراب کی خالی بوتلوں کو دیکھ کر ان کے دل میں ٹیس سی اٹھی، آنکھوں سے آنسو جاری ہوگئے اور لبوں پر نہ چاہتے ہوئے بھی اک شکوہ سا آگیا۔۔

"تو نے اے میرے رب! دنیا کے سانپ، بچھو تو دکھا دیئے۔۔ مولا! آخرت کے سانپ، بچھو چھپا دیئے، میٹھی میٹھی لذتوں میں، میٹھا زہر بنا کر۔۔

یہ کیسے لوگ ہیں، جو آخرت کے سانپ ہاتھوں میں لے کر پھر رہے ہیں، یہ بے خبر اور مدہوش، کیسی ہلاکت کی طرف جا رہے ہیں؟

یہ تیرے بندے ہیں مولا! تیری ہی محبت ورحمت سے محروم۔ یہ محروم ہی رہے تو ہلاک ہو جائیں گے۔ تو اپنی اس رحمت کے در کھول دے مولا! جو تیرے غضب پر حاوی ہے۔ تیرے ہاں تو کوئی کمی نہیں۔۔ تو چاہے تو دل بدل دے۔ دل بدل دے مولا!۔۔۔۔"

گھٹی گھٹی سسکیاں اور آنسوؤں سے بندھی ہچکیاں ماحول میں عجیب سی اداسی پیدا کر رہی تھیں۔۔

شراب کی چند مزید بوتلیں کچرے میں پھینکنے کے لئے آتے ہوئے ساتھ والے فلیٹ کے جوزف نے حیرت کے ساتھ، اس ضعیف شخص کو شراب کی خالی بوتلوں کے پاس روتے دیکھا اور ناسمجھی کی کیفیت میں گھر سے شراب کی ایک بوتل اٹھا لایا اور اس روتے ہوئے شخص کی طرف بڑھا دی۔۔

مولانا نے وہ بوتل ایسے اٹھا کر پھینکی، جیسے ہاتھ میں سچ مچ کا سانپ آگیا ہو۔۔

جوزف نے غصے اور حیرت سے ملے جلے جذبات سے اس شخص کو دیکھا اور کچھ کہے

بنالفٹ سے نیچے چلا گیا۔۔

تائی موشان پارک، ہانگ کانگ کا اک مشہور پر فضاء مقام ہے، کچھ لوگ یہاں باربی کیو کے لیے آتے ہیں، اور کچھ منچلے اس کی اونچی پہاڑیوں، گہری گہری کھائیوں اور بادلوں سے گھری چوٹیوں میں اپنی زندگی کے لمحوں کو امر کرنے آتے ہیں۔۔

یہ جوزف، کیتھی اور اسمتھ کا پسندیدہ پکنک اسپاٹ تھا۔۔ جہاں وہ ہر آنے والی نئی خوشی کا جشن مناتے تھے، بلندی کی انتہاء پر، بادلوں کے بیچ، دنیا کی کثافتوں سے دور، خوشیوں کے ان لمحات کو ہمیشہ کے لیے ایک اچھی یاد بنا دیتے تھے۔۔

آج کا دن بھی ان کی زندگی کا اہم دن تھا، جوزف اور کیتھی اپنے ساتھ کو رشتے میں باندھنا چاہتے تھے اور اسمتھ ان کی خوشی میں شریک ان کو ورلڈ ٹؤر کا سرپرائز دینا چاہتا تھا۔۔

وہ تینوں اپنے اپنے طور زندگی کی منصوبہ بندی کر رہے تھے۔۔ پاس کھڑا کاتب تقدیر کچھ اور رقم کر رہا تھا۔۔

انسان اپنی زندگی کی منصوبہ بندی اپنے طور پر کر رہا ہوتا ہے اور مقدر مسکرا کر، کوئی آہٹ کیے بنا اپنا فیصلہ سنا کر زندگی کی راہ ہی بدل دیتا ہے، اور انسان کو ان انجان رستوں پر چلنا پڑتا ہے، اس طے کردہ منزل کی جانب، جس کا انتخاب اس کے لیے کیا جا چکا ہوتا ہے۔۔۔

ان تینوں نے مل کر گاڑی میں سے کھانے پینے کی چیزیں باہر نکالیں اور حسب معمول پہاڑ کی چوٹی پر پہلے کون پہنچے گا، شرط لگائی۔۔

جوزف پہاڑی کے بیچوں بیچ بنی پتلی سی پگڈنڈی پر جلدی جلدی پہاڑ کی چوٹی کی

جانب تیز تیز اپنے قدم بڑھا رہا تھا، تاکہ ہمیشہ کی طرح وہ کیتھی اور اسمتھ سے جیت جائے، منزل پر پہنچ کر اس نے آنکھیں بند کر کے ایک لمبا سانس اندر کی جانب لیا، ہوا کی تازگی کو محسوس کیا اور دھیرے سے اپنی آنکھیں کھولیں، اسے محسوس ہوا جیسے بادل کسی غیر مرئی صورت میں اس کے سامنے آکھڑے ہوئے ہوں۔۔اس کے سینے پر اک گھونسا سا پڑا کچھ انہونا سا احساس دامن گیر ہوا اور سرگوشی سی سنائی دی۔۔

"پڑھو۔۔۔۔۔۔!"

اهْدِنَا الصِّرَاطَ الْمُسْتَقِيمَ۔۔۔""

اس نے ہڑبڑا کر اپنا سر جھٹکا۔ شبیہ بادلوں میں تحلیل ہو گئی اور جوزف اس سوچ میں پڑ گیا، آیا یہ خواب تھا یا حقیقت۔۔۔

کیتھی اور اسمتھ ایک ساتھ چوٹی پر پہنچے۔۔جوزف کو پہلے سے موجود پا کر مسکرائے اس کے گرد روشنی کا ہالہ دیکھ کر حیرانگی سے جوزف سے دریافت کیا۔۔

"وہ کدھر بادلوں میں گم ہو گیا تھا؟ یہ کیسی روشنی تھی؟"

جوزف نے کچھ کہے بناء نیچے اترنا شروع کر دیا، کیتھی اور اسمتھ حیران اس کے پیچھے اترنے لگے۔

اس کی خاموشی پر ان دونوں نے اسے حیرت سے دیکھا۔۔

"ھمم۔۔۔"اسمتھ نے کھنکار کر اس کو اپنی طرف متوجہ کیا۔۔

تو میرے پیارو! نئی زندگی کی شروعات پر میری طرف سے آپ کا تحفہ۔۔"اسمتھ نے دو ٹکٹ نکال کر ان کی طرف بڑھائے۔۔

"کیتھی کے سہ روزہ سمینار کے بعد اس کی تعطیلات منظور ہو گئی ہیں اور بزنس تو میں

دیکھ لوں گا اس لئے تمہارا تو مسئلہ نہیں ہو گا۔۔" کیتھی نے ٹکٹ لے لئے۔۔ جوزف نے مسکرانے پر ہی اکتفاء کیا۔۔

"ٹھیک تو ہو تم اور چپ چپ بھی، اس خوشی کے موقع پر۔۔" کیتھی نے مذاق میں اس کے سر کو چھو کر کہا، اس کا جسم تپ رہا تھا۔۔

"تمھیں تو اتنا تیز بخار ہے۔۔" اس نے تشویش سے کہا

"کچھ کھا لو، پھر دوا لے لینا۔۔" پورک سینڈوچ اس کی طرف بڑھاتے ہوئے کہا۔۔

اور خود گاڑی سے دوا لینے چل دی، پہلا نوالہ ہی منہ میں گیا تھا کہ جی متلا گیا، کھایا پیا سب باہر آ گیا۔۔

اس کی طبیعت کی خرابی دیکھتے ہوئے۔۔ اب وہاں ٹھہرنے کا کوئی فائدہ نہیں تھا۔۔ ان تینوں نے واپسی کی راہ لی۔ وہ گھر پہنچ کر بے سدھ ہو گیا تھا۔

کیتھی نے سہ روزہ سیمینار کے لیے بیجنگ جانا تھا اور اب جوزف کی جگہ اسمتھ کو مجبوراً اس کے ساتھ جانا پڑ رہا تھا۔۔

تحریم خالد علوی کی اکلوتی بیٹی اپنی ماں اور بی اماں (دادی) کے ساتھ مظفر آباد میں رہائش پذیر ہے۔ عکرمہ اس کی خالہ کا بیٹا ہے۔ جو ہانگ کانگ میں ٹریڈنگ کے شعبے سے وابستہ ہے۔۔

خوبصورتی تحریم کی کمزوری تھی اور شاید جنون بھی۔۔ اب وہ چاہے جگمگ کرتے چہرے ہوں یا دیواریں، یا انگارے اسے فرق نہیں پڑتا تھا۔۔

کالی گھٹائیں گھر گھر کر آ رہی تھیں، بادل بوجھل بوجھل چھلک جانے کو بے تاب

تھے، ہوا مست ہو کر خزاں رسیدہ پتوں اور خاک کو اڑائے لیے جا رہی تھی، گھر کے کھلے دروازے، کھڑکیاں بج بج کر کسی آنے والے طوفان کا پتہ دے رہے تھے اور عید کے سلسلے میں کی جانے والی صفائی کا صفایا ہو رہا تھا۔۔

تحریم نے افسردگی سے آندھی کے بقایا جات کو دیکھا اور کمر پر دوپٹا کس کر دوبارہ صفائی میں جت گئی۔۔

"میری سوہنی تحریم! نماز کا وقت تنگ ہو رہا ہے، پہلے سجدہ دے لے، پھر کرتی رہنا صفائیاں۔ یہ گرد مٹی، دھول سے اتنی نفرت کیوں بیٹا۔۔ یہی ہمارا گزرا ہوا کل تھا اور یہی آنے والا کل۔ اپنا تو سارا وجود ہی مٹی ہے، اس مٹی کو کہاں کہاں سے صاف کرو گی۔۔"

اماں کا نصیحت نامہ کھل گیا تھا، تحریم سنی ان سنی کرتے اپنے کام میں لگی رہی۔۔

"پڑھ لوں گی اماں! ابھی بہت وقت ہے۔۔" تحریم بھی کہاں ماننے والوں میں سے تھی۔

"کب، عصر، مغرب اکٹھے؟" اماں نے سوال داغا۔۔

اماں کی گھوریوں کی پرواہ نہ کرتے ہوئے وہ آہستہ سے نہانے چل دی۔

سورج افق کے اس پار پہنچ چکا تھا، مؤذن صدائے تکبیر بلند کرنے ہی والے تھے کہ تحریم خراماں خراماں ٹہلتے جا کر عصر کے فرض ادا کرنے لگی۔۔

ادھر اذان مغرب ہوئی اس نے دعا افطار پڑھی اور پاس پڑی پانی کی بوتل کو کھڑے کھڑے منہ لگا لیا۔۔

اماں نے سو دفعہ دہرائی ہوئی نصیحت دہرائی۔۔ "پانی بیٹھ کر پینے میں کتنی دیر لگتی ہے؟ اتنی بے دردی سے سنت کو ضائع کر دیتی ہو۔۔"

"اماں مغرب میں دیر ہو جائے گی نا، اس لیئے۔۔" وہ توجیہ پیش کر کے منظر سے

ہٹ گئی اور بی اماں گہری سوچ میں ڈوب گئیں۔

نماز کے بعد تحریم اماں کے ہاتھ لگی تو انہوں نے اس کے بھاگنے سے پہلے ہی اس کی شادی کا موضوع چھیڑ دیا۔۔

"عکرمہ اچھا جوان ہے۔ تمہارے بابا تمہاری اور اس کی نسبت طے کرنا چاہتے ہیں۔۔" اماں نے آخر کار پٹاری کھول ہی دی

"کیا اچھائی ہے عکرمہ میں؟ ہمیں بھی تو پتا لگے۔۔" تحریم نے ناگواری سے کہا۔۔

"دیکھا بھالا، دین دار، اپنی برادری کا، ذمہ دار۔۔۔۔" اماں کی بات پوری ہونے سے پہلے تحریم نے کاٹ دی۔۔

"اماں آپ مجھے سمجھ نہیں پائیں یا سمجھنا چاہتی ہی نہیں؟ آپ کو عکرمہ کا توے کی طرح کا رنگ نظر نہیں آیا۔۔ آپ ابا کو منع کر دیں، اور ان سے یہ کہہ دیجیے گا کہ عکرمہ میرے بھائیوں جیسا ہے، مجھے یہ رشتہ قبول نہیں۔۔"

اماں کے چہرے پر اک سایہ سا آکر گزر گیا۔

اسے محسوس ہوا، وہ ایک تاریک صحرا میں اوندھا پڑا ہے اور ایک روشنی کا ہیولا اڑتا ہوا اس کے قریب آرہا ہے، سناٹے میں نامانوس سی سرگوشیاں سنائی دینے لگی۔

اٹھو، پڑھو،

اهْدِنَا الصِّرَاطَ الْمُسْتَقِيمَ O

وقت کم ہے، جلدی کرو

اهدنا الصراط المستقیم

سرگوشیاں بلند ہوتی گئی

چہرے پر اک عجیب سی بے چینی رقم ہے، وہ اضطراری انداز میں مٹھیاں بھینچے کھولے جا رہا تھا۔ سرگوشیاں بلند تر ہوتی گئی، روشنی کے ہیولے نے اسے گھیر لیا اور اک چیخ کے ساتھ اس کی نیند ٹوٹ گئی۔

اس کا سارا جسم پسینہ سے بھیگا ہوا تھا، حلق میں جیسے کانٹے سے اگ آئے تھے، اس نے ہاتھ بڑھا کر بستر کے کنارے ٹیبل لیمپ آن کیا، اور پاس پڑی اسکاچ کی بوتل منہ سے لگا لی۔

دوسرے ہی لمحے اسے ایسا محسوس ہوا جیسے اس کے اندر آگ سی بھر گئی ہے، ساری پی ہوئی قے کی صورت میں باہر نکل رہی تھی، اسکاچ کی بوتل ہاتھ سے گر کر بجلی کی ساکٹ پر گر پڑی، اور سارا گھر اندھیرے میں ڈوب گیا۔

اس نے بستر کو ہاتھ سے ٹٹولتے ہوئے فون کو ڈھونڈنے کی کوشش کی مگر بے سود۔ پھر وہ خود کو گھسیٹتا ہوا گھر سے باہر نکل آیا اور سامنے والے فلیٹ کے نیم وا دروازے پر پہنچ کر مدد کے لئے کسی کو پکارنا چاہا مگر الفاظ حلق میں ہی گھٹ کر رہ گئے۔

اندر سے آنے والی آواز نے اس کے اندر اک نئے احساس کو بیدار کر دیا، بے چینی کی گرد چھٹنے لگی، روح و جاں کی تشنگی مٹنے لگی، وہ دم سادھے، آنکھیں موندھے اسی آواز کی گونج میں جیسے کھویا رہا۔

"اوئے، پی کر یہاں کہاں پڑ گئے ہو۔" آنے والے نے نفرت سے اسے ٹھوکر رسید کر کے کہا۔

"آہ!" نقاہت بھری کراہ اس کے لب سے نکل گئی۔

اندر سے مولانا نے سرزنش بھری نظر سے اسے دیکھا اور پانی لانے کو کہا

پانی پی کر جوزف کے حواس بحال ہوئے مگر اس نے وہاں سے ہٹنے سے انکار کر

دیا۔ وہ کچھ لمحے پہلے ملی سکون کی کیفیت کو پھر پانا چاہتا تھا، وہ وہیں دروازے کے کنارے، آنے والے نمازیوں کے جوتوں کے پاس ٹکا رہا۔ اس کے دل میں جو طلب جاگ چکی تھی، اس نے اسے اس حقیقت سے بے پرواہ کر دیا تھا کہ وہ اس وقت کہاں ہے، کس حال میں ہے۔

"نماز کے وقت اس نجس کا یہاں ہونا ضروری ہے کیا؟"

عکرمہ کو اس شرابی کا وہاں رکنا اچھا نہیں لگا جس کا اس نے اظہار بھی کر دیا،

مولانا کچھ کہے بنا جماعت کے لئے کھڑے ہو گئے۔۔

نمازی آتے گئے، جماعت کے بعد مولانا نے ایک چھوٹا سا خطبہ دیا۔۔

"اگر اک کتا بھی دہکتی ہوئی آگ کی طرف جا رہا ہو، تو آپ اسے روکیں گے؟"

"روکیں گے نا؟" مولانا نے سوال دہرایا۔۔

"ہاں۔۔۔!" سب نے مل کر جواب دیا۔۔

"تو یہ لوگ جب جہنم کی آگ کی طرف جا رہے ہیں، تو آپ کو ترس نہیں آتا، دکھ نہیں ہوتا۔۔ یہ نفرت کہاں سے آ گئی بیٹا؟

اس دنیا میں دو طرح کے بیمار ہوتے ہیں۔ ایک وہ جن کے جسم بیمار ہوتے ہیں۔ دوسرے وہ جن کی روح بیمار ہوتی ہے۔ ایک مریض کی عیادت کرو تو صبح سے شام ستر ہزار فرشتے دعائیں کرتے رہتے ہیں اور جو اس کا علاج کرے، سوچو اس کو کتنا ثواب ہو گا۔۔ یہ بھی روح کے روگی ہیں، ان کی فکر کرو، ان پر ترس کھاؤ۔۔

اللہ تعالیٰ قرآن میں ہمارے نبی حضرت محمد صلی اللہ علیہ وسلم کے فکر و غم کا ذکر کرتے ہیں۔۔

.(اے حبیبِ مکرّم!) تو کیا آپ ان کے پیچھے شدتِ غم میں اپنی جانِ (عزیز بھی) گھلا دیں گے اگر وہ اس کلامِ (ربّانی) پر ایمان نہ لائے۔۔o

یہی نبیوں کا شیوہ رہا ہے، اور یہی ہمارے لیے مشعل راہ ہونی چاہیے۔۔"

مولانا کی باتیں سن کر عکرمہ دل ہی دل میں شرمندہ ہو گیا

وہ ان دو اشخاص کی گفتگو سن رہا تھا، اسے آگاہی مل رہی تھی، وہ ان آنسوؤں کا معنی سمجھ گیا تھا، جو مولانا شراب کی بوتلوں کے پاس بہا رہے تھے۔۔۔ وہ اس گھونسے کا مطلب سمجھ رہا تھا جو اسے تائی موشان میں پڑا تھا۔۔ اس کی نظر و دل کو بدلا گیا تھا۔۔ وہ ایک نئے احساس سے روشناس ہوا تھا، اسے طلب ودیعت کی گئی تھی۔۔ وہ اس تکلیف کا معنی سمجھ گیا تھا۔ کیوں کل سے ابھی تک اس کا معدہ ہر چیز کیوں قبول نہیں کر رہا تھا۔۔ کیونکہ وہ نئ راہگزر جو اسے ملی تھی اسے وہاں پاکیزہ رہنا تھا۔ اس کی راہ بدل دی گئی تھی۔۔ اس کا اختیار کچھ لمحوں کے لیے محدود کر دیا گیا تھا۔۔ بے بسی اور بے چینی سے اس کی مدد کی گئی تھی اسے ہدایت کی طرف ہانکا گیا تھا۔۔

نمازی چلے گئے۔ مدرسہ میں مولانا اور عکرمہ رہ گئے۔۔

عکرمہ نے جوزف سے اپنے رویے کی معافی مانگی اور اسے اس کے گھر پہنچانے کی پیشکش کی۔ جوزف مسکرا دیا۔۔

"میرا گھر تو یہ سامنے ہے۔۔ مگر میں جانا نہیں چاہتا۔۔"

"کیوں؟"

"یہ جو تم لوگ پڑھتے ہو نا، اس کلام نے مجھے یہاں باندھ دیا ہے۔۔ مجھے ایسی سرگوشیاں سنائی دیتی ہیں۔ کبھی خواب میں، کبھی حقیقت میں۔۔ ایسے لگتا ہے میں خود پہ

اختیار کھو رہا ہوں۔

کیا معنی ہیں اس کے۔جو تم بار بار پڑھتے ہو۔

.اھدِنَاالصِّرَاطَ المُستَقِیمَ۔۔"O

مولانا نے قرآن کی چند آیتیں تلاوت کیں۔۔انکا مفہوم بیان کیا۔۔

"قرآن اللہ کا تعارف بیان کرتا ہے۔"

شروع اللہ کے نام سے جو بڑا مہربان نہایت رحم والا ہے

اللہ کی پاکیزگی بیان کرتے ہیں وہ جو آسمانوں اور زمین میں ہیں اور وہ زبردست حکمت والا ہے (۱) آسمانوں اور زمین کی بادشاہت اسی کے لیے ہے۔۔وہ زندہ کرتا ہے اور مارتا ہے اور وہ ہر چیز پر قادر ہے (۲) وہی سب سے پہلا اور سب سے پچھلا اور ظاہر اور پوشیدہ ہے اور وہی ہر چیز کو جاننے والا ہے (۳) وہی ہے جس نے آسمانوں اور زمین کو چھ دن میں بنایا پھر وہ عرش پر قائم ہوا وہ جانتا ہے جو چیز زمین میں داخل ہوتی ہے اور جو اس سے نکلتی ہے اور جو آسمان سے اترتی ہے اور جو اس میں اوپر چڑھتی ہے اور وہ تمہارے ساتھ ہے جہاں کہیں تم ہو اور اللہ اس کو جو تم کرتے ہو دیکھتا ہے (۴) آسمانوں اور زمین کی حکومت اسی کے لیے ہے اور سب امور اللہ ہی کی طرف لوٹائے جاتے ہیں (۵) وہ رات کو دن میں داخل کرتا ہے اور دن کو رات میں داخل کرتا ہے اور وہ سینوں کے بھید خوب جانتا ہے۔۔

سورہ حدید

چند آیات میں اتنی بڑی بات کہہ دینے والا کیا خوبصورتی سے اپنا تعارف دے رہا ہے۔۔ساری کائنات میں جو کچھ ہے۔۔ اسی کی ذات سے ہے۔۔ اب کھلی آنکھوں سے اس کائنات کو دیکھو اور اسے پالو، مگر وہ کائنات جس کا بیان ہوا ہے۔۔ ہمارا علم اپنی تمام تر

طاقت کے ساتھ اس کا تین فیصد ہی دیکھ پایا ہے۔۔باقی جو علم ہے۔۔وہ رب جانے۔۔

مولانا نے مفہوم بیان کیا۔۔

وہ جانتا ہے! جو ہم سوچتے ہیں، ہمارا ارادہ، ہمارا عمل۔۔ کتنا خبردار ہے میرا رب۔

اس کے دل نے گواہی دی، بے شک رب کی یہی عظمت ہے۔

بڑی برکت والا ہے جس نے اپنے بندے پر قرآن نازل کیا تا کہ تمام جہان کے لیے ڈرانے والا ہو (۱) وہ جس کی آسمانوں اور زمین میں سلطنت ہے اور اس نے نہ کسی کو بیٹا بنایا ہے اور نہ کوئی سلطنت میں اس کا شریک ہے اور اس نے ہر چیز کو پیدا کر کے اندازہ پر قائم کر دیا (۲) اور انہوں نے اللہ کے سوا ایسے معبود بنا رکھے ہیں جو کچھ بھی پیدا نہیں کر سکتے حالانکہ وہ خود پیدا کیے گئے ہیں اور وہ اپنی ذات کے لیے نقصان اور نفع کے مالک نہیں اور موت اور زندگی اور دوبارہ اٹھنے کے بھی مالک نہیں۔۔۔

الفرقان

بے شک یہ قرآن بڑی شان والا ہے (۷۷) ایک پوشیدہ کتاب میں لکھا ہوا ہے (۷۸) جسے بغیر پاکوں کے اور کوئی نہیں چھوتا (۷۹) پروردگار عالم کی طرف سے نازل ہوا ہے (۸۰) سو کیا تم اس کلام کو سرسری بات سمجھتے ہو (۸۱) اور اپنا حصہ تم یہی لیتے ہو کہ اسے جھٹلاتے ہو (۸۲) پھر کس لیے روح کو روک نہیں لیتے جب کہ وہ گلے تک آ جاتی ہے (۸۳) اور تم اس وقت دیکھا کرتے ہو (۸۴) اور تم سے زیادہ ہم اس کے قریب ہوتے ہیں لیکن تم نہیں دیکھتے (۸۵) پس اگر تمہارا حساب کتاب ہونے والا نہیں ہے (۸۶) تو تم اس روح کو کیوں نہیں لوٹا دیتے اگر تم سچے ہو۔۔

سورہ واقعہ

یہ کیسا چیلنج تھا۔ اس نے اپنی زندگی میں کسی کو اپنی روح کو پھیرتے نہیں دیکھا، بھلا

کوئی روح کو پھیر سکتا ہے ؟ یہ کتنی بڑی دلیل تھی۔ یہ آیت کہنے والے کی عظمت، جاہ و جلال کو کیسے بیان کر رہی ہے۔ اسے محسوس ہوا، وہ کانپ رہا ہے اس کی آنکھوں سے آنسو بہہ رہے ہیں۔۔

بلکہ انہوں نے تو قیامت کو جھوٹ سمجھ لیا ہے اور ہم نے اس کے لیے آگ تیار کی ہے جو قیامت کو جھٹلاتا ہے (۱۱) جب وہ انہیں دور سے دیکھے گی تو اس کے جوش و خروش کی آواز سنیں گے (۱۲) اور جب وہ اس کے کسی تنگ مکان میں جکڑ کر ڈال دیے جائیں گے تو وہاں موت کو پکاریں گے (۱۳) آج ایک موت کو نہ پکارو اور بہت سی موتوں کو پکارو (۱۴) کہہ دو کیا بہتر ہے یا وہ بہشت جس کا پرہیز گاروں کے لیے وعدہ کیا گیا ہے جو ان کا بدلہ اور ٹھکانہ ہو گی (۱۵) وہاں انہیں جو چاہیں گے ملے گا وہ اس میں ہمیشہ رہیں گے یہ وعدہ تیرے رب کے ذمہ ہے جو قابل درخواست ہے۔۔

آج ایک موت کو نہ پکارو، بہت سی موتوں کو پکارو۔۔

یہ کیسا ہیبت ناک ڈر تھا۔۔ جو اسے سنایا گیا تھا۔۔ یہ وہ الفاظ تھے جو کہنے والے کا پتہ دے رہے تھے۔۔۔

اور اگر تمہیں اس چیز میں شک ہے جو ہم نے اپنے بندے پر نازل کی ہے تو ایک سورت اس جیسی لے آؤ اور اللہ کے سوا جس قدر تمہارے حمایتی ہوں بلا لو اگر تم سچے ہو (۲۳) بھلا اگر ایسا نہ کر سکو اور ہرگز نہ کر سکو گے تو اس آگ سے بچو جس کا ایندھن آدمی اور پتھر ہیں جو کافروں کے لیے تیار کی گئی ہے۔

سورۃ البَقَرَة

مولانا نے یہ آیت تلاوت کر کے توقف کیا اور اس کا مفہوم بیان کیا۔ میرے اللہ نے یہ چیلنج دیا ہے۔ اگر تمہیں شک ہے کہ یہ انسانی کلام ہے۔ تو جاؤ اس جیسی اک آیت

ہی بنالاؤ، اور اس اللہ کی قسم آج تک کوئی بھی اس میں کامیاب نہیں ہوا۔۔

کلام اپنے متکلم کی خود گواہی دیتا ہے، ایسا ڈر میں نے پہلے کبھی نہیں سنا۔۔ایسی خوشخبری میرے علم میں کبھی نہیں آئی۔۔ ایسی دلیل، ایسے چیلنج، کوئی انسان بھلا کیا کرے گا؟

"میں اندھا اور بہرا نہیں ہوں۔۔ میرا دل لرز رہا ہے، میں اس ہدایت کی آہٹ محسوس کر رہا ہوں جس سے مجھے نوازا گیا ہے۔۔"

وہ خود کلامی کی کیفیت میں چلا گیا۔۔

جوزف کی آنکھوں سے آنسو بہنے لگے اس کے دل نے حق کو پہچان لیا۔ ہدایت کی دل تک رسائی ہو گئی۔

"میں ایمان لانا چاہتا ہوں۔"جوزف نے دل کی گہرائیوں سے کہا۔۔

"کیا یہ اچھا نہ ہو گا کہ آپ اسلام کو مکمل طور پر جان لیں؟" عکرمہ نے مداخلت کی۔۔

"میں اپنے اختیار میں نہیں ہوں۔۔"جوزف نے کہا اور مشرف بہ اسلام ہو گیا۔۔

ایمان لانے کے بعد اس کا نام عمر تجویز کیا گیا۔۔۔

کچھ لوگ تمام عمر سفر میں رہتے ہیں اور اس ایک لمحے کو نہیں پاسکتے جو ان کی زندگی کا عنوان بدل دے اور کچھ لوگ اک پل میں ہی اس لمحے کو پا لیتے ہیں۔ عمر بھی ان بانصیب لوگوں میں سے تھا۔

با آواز بلند پڑھو الکھف، 6 طلب کو زباں مل گئی، اور ہدایت کا در کھل گیا

ماہ رمضان کا آخری عشرہ چل رہا تھا اور عید کی آمد آمد تھی۔۔ اماں صبح صبح تلاوت میں مصروف تھی۔ قرآنی آیات سے ماحول میں نورانیت سی طاری ہو گئی۔ تحریم عید میں

پہنے جانے والے کپڑوں کی سلائی مکمل کرنے میں لگی ہوئی تھی۔ اس دفعہ اس نے اماں کی درزن سے زمانہ قدیم کے ڈیزائن سلوانے کی بجائے خود ہی نئے فیشن کے کپڑے سی لیے تھے۔ کچھ دیر بعد وہ اپنا نیا سلا ہوا جوڑا پہنے آئینے کے سامنے کھڑی ہو گئی۔ سلیو لیس، گھٹنوں سے لمبی قمیض، لمبے لمبے چاک اور ٹخنوں سے کافی اونچا تنگ پاجامہ پہنے اپنے روپ کو آپ ہی سراہ رہی تھی۔

اماں تلاوت کر کے اس کے پاس آئیں تو اسے دیکھ کر حیران ہی رہ گئی۔

عید کے دن یہ پہنو گی؟ اور سہیلیوں کے گھر بھی جاؤ گی؟

اماں نے استفسار کیا۔۔

"ہاں اماں! رستے میں عبایا پہن لوں گی۔ اور سارا کے گھر تو مرد نہیں ہیں۔" اس نے اماں کو مطمئن کرنا چاہا۔

"اللہ تو ہو گا نا۔" اماں نے کہا

"اللہ سے کیا پردہ۔؟" اس نے دوبدو کہا

"پردہ نہ سہی، شرم تو ہونی چاہیئے۔ رمضان کی مبارک گھڑیوں میں ساری رات لگا کر یہ لباس سیا ہے۔۔ جس میں عطا کرنے والے کو اک سجدہ بھی نہ کر سکے۔" اماں نے افسوس سے کہا۔۔

"سجدہ کرنے کے لیے آپ کے سلوائے ہوئے اور لباس ہیں نا اماں۔" اس نے ڈھٹائی سے کہا۔۔

"یہ چکاچوند، یہ روشنیاں مصنوعی ہیں بچے۔ یہ آنکھوں کو چندھیا دیتی ہیں۔ سامنے کا منظر واضح نہیں ہونے دیتی۔ ان میں چھپا ہوا اندھیرا بندے کو نگل لیتا ہے اور اسے خبر ہی نہیں ہوتی۔ یہ دنیا پل صراط کی مانند ہے۔ اس پر وہی امن سے گزر پائے گا جو اپنے نفس کو

تھامے رکھے گا۔ اپنے آپ کو خواہشوں کے ناگ کے حوالے کر دو گی تو دنیا میں ہی ڈوب جاؤ گی۔" اماں نے اسے سمجھانا چاہا۔

"چار دن جوانی ہے اماں۔ چین سے جی لینے دیں۔ پھر تو آپ کی طرح تسبیح ہی اٹھانی ہے۔ ابھی میں نماز کے لیے کھڑی ہوتی بھی ہوں تو رکعات یاد نہیں رہتیں۔۔ تلاوت سے میرے سر میں درد ہو جاتا ہے۔ آپ کے قرآن میں مجھے پناہ نہیں ملتی، نماز میں سرور نہیں آتا، میری روح ان سے بھاگتی ہے۔ کبھی کبھی مجھے احساس ہوتا ہے جیسے میں غلط گھر میں پیدا ہو گئی ہوں۔

مجھے گھٹن محسوس ہوتی ہے۔ آپ کی باتوں سے، نصیحتوں سے۔ آپ کے ہر وقت کے وعظ سے میں تنگ آ چکی ہوں۔ مجھے میری زندگی جینے دیں۔ میں ایک درویش بن کے زندگی نہیں جی سکتی۔ مجھے ملانی ملانی کا طعنہ نہیں سننا۔ میں اس دنیا کے قدم سے قدم ملا کر چلنا چاہتی ہوں۔" وہ تنگ آ کر پھٹ پڑی۔۔

"گھٹن ان باتوں میں نہیں ہے، گھٹن تمہاری خود کی بے لگام خواہشوں کے تعفن سے ہے۔ جس دل میں خواہش کو خدا مانا جاتا ہو۔۔ اس کی پرستش کی جائے۔ اس پر غرض کا دبیز پردہ پڑا ہوا ہو۔ اسے قرآن میں پناہ نہیں ملتی۔ اسے نماز میں سرور نہیں حاصل ہوتا۔" اماں نے بھی دل کا بوجھ ہلکا کیا۔

"ایمان کوئی تمغہ نہیں ہے جو تمہیں ماں کی گود میں مل گیا اور تمام عمر سینے پر سجا کر تمہیں مسلمان رکھنے کو کافی ہو گیا۔ یہ تو اجلے کپڑے کی طرح ہے، تب تک نیا اور اجلا رہتا ہے جب تک اس کی حفاظت کی جائے۔ ہر کوتاہی اس پر چرکہ لگاتی ہے، اسے سیاہ کرتی ہے۔ پھر رفتہ رفتہ یہ ایک چیتھڑے کی مانند رہ جاتا ہے۔" اماں کہتی گئی اور وہ سنی ان سنی کر کے چل دی۔

لفظ کیسے بے آبرو سے ہو جاتے ہیں، اس کی دل کی زمین کیسی بنجر تھی۔۔ جیسے سمندر میں کھڑی کوئی چٹان۔۔ جس سے لہریں ٹکرا ٹکرا کر اپنا سر پھوڑتی رہتی ہیں۔

اماں سر پکڑ کر بیٹھ گئی۔۔

زندگی اک نئی ڈگر پر چل پڑی تھی۔ عمر کی صبحیں اسلامک سنٹر اور شامیں مدرسہ میں کٹنے لگی۔ عید کے بعد اسے عکرمہ کے ساتھ اپنی نئی شناخت کی قانونی چارہ جوئی کے لئے رجسٹریشن آفس جانا تھا۔ وہ گھر ضروری کاغذات لینے آیا ہوا تھا۔

ڈور بیل مسلسل بجی جا رہی تھی۔ آنے والا بیل پر ہاتھ رکھ کر ہٹانا بھول گیا تھا۔

عمر نے دروازہ کھولا۔ باہر کا سلاخوں والا گیٹ ہنوز بند تھا۔

بن بلائے مہمان کو دیکھ کر عمر نے رخ موڑ لیا۔

"اندر آنے کو نہیں کہو گے؟" کیتھی نے سوال کیا

"نہیں۔!" یک لفظی جواب آیا۔۔

"تم بہت بدل گئے ہو جوزف۔! پانچ سالہ محبت کو پانچ دن میں بھلا دیا۔" اس نے شکوہ کیا۔۔

"یہاں کوئی جوزف نہیں رہتا۔" عمر نے یہ کہہ کر دروازہ بند کر دیا۔

کیتھی روتے ہوئے واپس چلی گئی۔۔

کیتھی کو واپس جاتا دیکھ کر سامنے سے آتے ہوئے اسمتھ کو بہت حیرانی ہوئی۔

"جوزف! کیا کیتھی سے جھگڑا ہو گیا ہے؟ کیوں بچوں کی طرح لڑتے ہو؟ کدھر کھو گئے ہو؟ گھر تمہارا بند ہے۔ آفس تم نہیں آ رہے۔" کسی انہونی کے ڈر سے اس نے پوچھا۔

"میں نے اسلام قبول کر لیا ہے۔" عمر نے متانت سے کہا۔۔

"لیکن کیوں؟" وہ چیخا۔۔

"کیونکہ میں اندھا، بہرا نہیں ہوں۔ اس لیے کہ میرے دل پر مہر نہیں لگی ہوئی۔" عمر نے بے ربط جواب دیئے۔۔

"اور ہمارے خوابوں،، ارادوں اور وعدوں کا کیا ہو گا؟" اسمتھ نے بے یقینی سے پوچھا۔۔

"ہمارے رستے بدل گئے ہیں۔ میرا تو اس پار آنا ممکن نہیں۔ تم چاہو تو میرے پاس اس پار آسکتے ہو۔ "عمر نے فیصلہ سنا دیا۔۔

"اور تمہاری محبت؟" اسمتھ نے بڑی آس سے پوچھا۔۔

"اب اس محبت کی میری زندگی میں کوئی گنجائش نہیں۔" اس نے اپنے دل کو جیسے مٹھی میں مسل دیا۔۔

"گنجائش تو بہر حال ہے۔ اتنا اسلام تو میں بھی جانتا ہوں۔" اسمتھ اسے گھیر رہا تھا۔۔

"میری غیرت ایمانی یہ گوارا نہیں کرتی کہ میں کسی مشرکہ کے ساتھ رہوں۔ میں اپنی آنے والی نسل کو خالص دیکھنا چاہتا ہوں۔" عمر کی باتوں میں کوئی لچک نہ تھی۔

"اتنے کٹھور نہ بنو جوزف۔" اسمتھ نے غصے سے کہا۔۔

"میں جوزف نہیں ہوں۔ میں عمر ہوں۔ جوزف مر چکا ہے۔" عمر حلق کے بل چیخا تھا۔

"تم تنہا رہ جاؤ گے جوزف۔" اس نے ڈرانا چاہا۔

"صرف اس لیے کہ راہ حق کا مسافر ہو گیا ہوں۔ مرے سر پہ ٹوپی سج گئی ہے۔ میں بیہودہ باتوں سے پہلو تہی کرنے لگا ہوں۔ موسیقی سے کنارہ کر لیا ہے۔ میری شامیں مسجد میں بسر ہونے لگی ہیں۔ میں نے خود کو اک حد میں مقید کر لیا ہے۔ میں دنیا کی برائے نام

جدیدیت سے منحرف ہو گیا ہوں۔

لوگوں کے سامنے، ان سڑکوں کے بیچ بارہا میں نے شراب پی، جوا کھیلا، نشے میں بے سدھ پڑا رہا۔ لوگوں کے بیچ ننگے ناچ دیکھے۔

میں سراپا غلط تھا مگر میں نہیں شرمایا۔ میں نے خود کو نہیں چھپایا اور آج جب میں سچ کی پہلی سیڑھی پر کھڑا ہوں۔ ہدایت کی روشنی کو اپنے اندر سمو رہا ہوں۔ اسی رنگ میں رنگا جانا چاہتا ہوں تو میں شرماؤں؟ خود کو چھپاؤں؟

کیوں؟ اس لیے کہ یہ دنیا مجھے تنہا چھوڑ دے گی۔ اگر ایسا ہے۔ تو بھی مجھے تنہا رہنا منظور ہے۔ میرے لیے زندگی کے معنی بدل چکے ہیں۔ یہ ساتھ تو چلتی سانسوں تک ہے۔ اس کے آگے تو بس تنہائی ہی ہے۔ اگر دنیا کے اس پل صراط پر جم کر کھڑے رہنے کے لئے، اسے پار کرنے کے لیے کچھ وقت تنہا بھی رہنا پڑ جائے تو بھی سودا برا نہیں ہے۔"

عمر نے بات ختم کر دی۔ اور اسمتھ حیران حیران جوزف کے نئے روپ کو دیکھ رہا تھا۔

بہت دنوں بعد اس نے اپنی گاڑی نکالی اور ڈرائیو کرنے کا سوچا۔ عکرمہ کی دی ہوئی تلاوت و ترجمہ (انگریزی) کی سی ڈی لگائی۔ کچھ ہی دیر میں وہ اور عکرمہ رجسٹریشن آفس پہنچ گئے۔ کاغذی کاروائی نمٹا کر واپسی کی راہ لی۔ کار پارک میں اسے اسمتھ ٹکرا گیا۔ عمر نے مروتاً اسے لفٹ آفر کی۔ جو اس نے قبول کر لی۔ گاڑی گھر کی طرف گامزن ہو گئی۔ اس کے ساتھ ہی تلاوت والی سی ڈی خود کار نظام سے چل پڑی۔ اسمتھ نے کچھ بولنا چاہا مگر عمر نے اشارے سے منع کر دیا۔ وہ کچھ خیال کر کے چپ ہو گیا۔

اسمتھ گاڑی سے باہر دیکھنا شروع ہو گیا۔ عکرمہ کی فون اسکرین کسی خاص نمبر سے جگمگانے لگی۔ اس نے دھیمے انداز میں بات کی۔

تلاوت جاری تھی۔

(۱۴) بدویوں نے کہا ہم ایمان لے آئے ہیں، کہہ دو تم ایمان نہیں لائے لیکن تم کہو کہ ہم مسلمان ہو گئے ہیں اور ابھی تک ایمان تمہارے دلوں میں داخل نہیں ہوا، اور اگر تم اللہ اور اس کے رسول کا حکم مانو تو تمہارے اعمال میں سے کچھ بھی کم نہیں کرے گا بے شک اللہ بخشنے والا نہایت رحم والا ہے۔۔

لفظ اس کے ذہن سے چپک گئے۔ آنکھیں نم ہو گئی۔ اسے سینے میں جلن کا احساس ہوا۔ اسٹئرنگ پر اس کی گرفت ڈھیلی پڑ گئی۔ باہر کا منظر دھندلا رہا تھا۔

کیا ایمان میرے دل میں داخل ہو گیا ہے یا میں بھی فقط مسلمان ہی ہوں؟

سوچوں کی یلغار ہوئی۔ ماتھے پر پسینے کے قطرے چمکنے لگے۔۔

اس کے بائیں جانب ایک کٹر مسلمان گفتگو میں مصروف تھا۔ اس کے پیچھے اک عیسائی باہر کے نظاروں میں گم، بے خبر تھا۔ آیتیں بس اس کے دل میں ہی جذب ہو رہی تھیں۔

تلاوت جاری تھی۔

(۱۵) کہہ دو! کیا تم اللہ کو اپنی دین داری جتاتے ہو اور اللہ جانتا ہے جو کچھ آسمانوں میں اور زمین میں ہے اور اللہ ہر چیز کو جاننے والا ہے (۱۶) آپ پر اپنے اسلام لانے کا احسان جتاتے ہیں کہہ دو مجھ پر اپنے اسلام لانے کا احسان نہ جتلاؤ بلکہ اللہ تم پر احسان رکھتا ہے کہ اس نے ایمان کی طرف تمہاری رہنمائی کی اگر تم سچے ہو (۱۷) بے شک اللہ آسمانوں اور زمین کی سب مخفی چیزیں جانتا ہے اور دیکھ رہا ہے جو تم کر رہے ہو (۱۸)

بے شک اللہ احسان رکھتا ہے۔

اس کے دل سے ٹیس سی اٹھی۔ دل میں درد بڑھتا گیا۔ اس نے گاڑی کو بریک لگا

دی اور سینے پر مکے مارنے لگا۔

عکرمہ اس کی حالت دیکھ کر گھبرا گیا، اسمتھ اور عکرمہ نے عمر کو پچھلی سیٹوں پر ڈالا اور ہسپتال لے گئے۔

ایمرجنسی میں مشینوں میں جکڑا ہوا یہ کوئی اور ہی جوزف لگ رہا تھا۔

"وہ اس سے کبھی نفرت کر پائے گی؟" کیتھی نے اسے طبی امداد دینے کے بعد دل میں سوچا۔۔

خالد علوی اور مولانا بھی خبر ملنے پر آ گئے۔ اس کی حالت دیکھنے پر مولانا کو بہت دکھ ہوا۔ ایمان لانے کے بعد تو وہ انہیں اور بھی عزیز ہو گیا تھا۔ دل سے دعا نکلی۔ "الٰہی! اگر یہ اجل ہے تو اس کا رخ میری طرف موڑ دے۔ یہ بچہ ایمان کی ابھی چند سانسیں ہی لے پایا ہے۔ اس پر رحم کر۔۔ آمین۔" کوئی لمحہ قبولیت کا ہوتا ہے اور دعا پر فوراً مہر لگ جاتی ہے۔ یہ بھی ایسا ہی لمحہ تھا۔ مولانا نے اپنی لاٹھی کرسی کے کنارے رکھی۔ کرسی کی پشت سے سر ٹکا کر رکھا۔ بولے۔۔ "فی امان اللہ۔۔"

کلمہ پڑھا اور ہمیشہ کے لیے آنکھیں موند لیں۔ ان کے پاس کھڑے عکرمہ اور خالد علوی ہکا بکا رہ گئے۔

دوسری طرف عمر کی ڈوبی ہوئی سانسیں بحال ہو رہی تھی۔ اس کے دل کی دھڑکن کا گراف نارمل ہو رہا تھا۔ اس کے چہرے کا اضطراب سکون میں ڈھل گیا۔ ہونی نے راہ بدل لی تھی۔

چند لمحوں بعد اس نے آنکھیں کھول دی۔ اور اٹھنا چاہا۔

پاس کھڑی کیتھی نے اسے پر سکون رہنے کو کہا اور اس کا خون لینے لگی۔

خالد علوی مولانا کے بارے میں کم جانتے تھے۔ ان کے لواحقین کا پتا نہیں چل سکا۔

آخر کار انہیں یہیں دفنانے کا فیصلہ کیا گیا۔

خاصی دیر بعد عمر کی گلو خلاصی ہوئی۔ اسے مولانا کی وفات کی خبر ملی۔

کیتھی، عمر کی بلڈ رپورٹ ہاتھ میں اٹھائے حیران کھڑی تھی۔۔ جس میں اس جان لیوا اٹیک کے اثرات کا شائبہ تک نہ تھا۔

یہ معجزہ تھا یا کرشمہ ؟یتھی کے لئے سوچ کا در وا کر گیا

ہانگ کانگ ایسا ملک ہے۔۔ جہاں قبر کی دو گز زمین کے لیے بھی لیز لینی پڑتی ہے۔ عمر نے مولانا کی قبر کے لیے سال کی لیز کی ادائیگی کر دی۔ اور ان کے جسد خاکی کو امانتاً دفن کر دیا گیا۔

عمر کی کایا پلٹ کا سراپانے کے لیے کیتھی نے اسلام کو جاننے کا فیصلہ کیا۔ وہ خالد علوی کو ہسپتال میں مل چکی تھی، انہیں سے مزید تفصیلات اور رہنمائی کا امکان نظر آیا۔ اتوار کو اس کی تعطیل تھی۔ اس نے اسمتھ کو اپنے ساتھ اسلامک سنٹر جانے پر راضی کر لیا۔ اور اتوار کو ملاقات کا وقت لے لیا۔

اتوار کی صبح وہ اسمتھ کے ساتھ خالد علوی کے سامنے موجود تھی۔

"ہم اسلام کو جاننا چاہتے ہیں۔ اس میں آپ کی مدد اور رہنمائی چاہیے۔" کیتھی نے اپنی بات کا آغاز کرتے ہوئے تمہید باندھی۔

"مجھے یہ جان کر دلی خوشی ہوئی، ایک مسلمان ہونے کے ناطے آپ کی مدد کرنا میرے لیے عین سعادت ہوگی۔" خالد علوی نے مطمئن انداز میں جواب دیا۔

"اسلام کو جاننے کی پہلی کڑی کیا ہے؟" کیتھی نے پہلا سوال کیا۔

"پہلی اور اہم ترین کڑی قرآن ہے۔ اور اس کے ساتھ ساتھ ہمارے نبی حضرت محمد صلی اللہ علیہ وسلم کی حیات طیبہ۔

قرآن ہمیں اللہ کا تعارف دیتا ہے، اس کے نبیوں، کتابوں اور فرشتوں کا ذکر کرتے ہوئے اس وسیع کائنات کی نشانیوں کو ہمارے سامنے لاتا ہے۔ اور ہمیں اس میں رب کی ذات کا عکس دیکھنے اور سمجھنے کی دعوت دے کر غور وفکر کی دعوت دیتا ہے۔ اور ان سب باتوں کے بعد وہ زندگی کا اک منشور اور ضابطہ حیات ہمارے سامنے رکھ دیتا ہے۔ اور پھر آنے والے وقت میں کامیابی اور ناکامی کا مفہوم ازبر کرا کر خوشخبری اور ڈر کا عنوان بن جاتا ہے۔ نبی اس سارے منشور کو زندگی پر لاگو کر کے سارے جہاں کے لئے مثال بن جاتے ہیں۔"

"ہم قرآن کو کیسے جانچ یا پرکھ سکتے ہیں؟" اب کی بار اسمتھ نے سوال کیا۔

"قرآن میں بیان کی گئی نشانیوں کی تصدیق انسانی علوم سے ہوتی ہے۔ جیسے قرآن میں اک ایسے سمندر کا ذکر ہے۔ جہاں میٹھا اور کھارا پانی اکٹھا ہے مگر ملتا نہیں مگر قرآن اس میں نہ نظر آنے والی آڑ کا ذکر کرتا ہے۔ پھر اس میں آج کی ایمبرائیالوجی کی پوری اساس موجود ہے۔ آج سے پندرہ سو سال پہلے ایک ناخواندہ شخص پر نازل ہونے والی کتاب، اپنے سے ڈیڑھ صدی آگے کے علم کا کیسے بیان کر رہی ہے؟ اگر انسان سمجھ رکھتا ہو تو اک اس بات میں ہی بہت بڑی نشانی ہے۔

معجزہ کی بات کریں تو آب زمزم کو ہی لے لیں۔ لاکھوں لوگ ایک ہی دن اس کا استعمال کرتے ہیں مگر وہ اک چھوٹا سا چشمہ جاری وساری ہے۔ اسلام آپ کو ایک ہزار دلیل دے گا مگر اس پر یقین حاصل کرنے کے لیے آپ میں طلب ہونی ضروری ہے۔ یہ آپ کی طلب ہی ہو گی جو آپ کو یقین کی سرحد تک لے جانے کی شاہراہ بن سکتی ہے۔"

خالد علوی نے مفصل جواب دیا۔

"میں پہلی کڑی کو جاننا چاہتی ہوں۔" کیتھی نے خواہش ظاہر کی۔

"میں آپ کو کچھ ویب سائٹس کے لنک دیتا ہوں، پہلے مرحلے میں آپ تلاوت قرآن سنیں۔ اور دیکھیں آپ کا دل اس کو کتنا قبول کرتا ہے۔ آیا یہ انسانی کلام ہے یا آسمانی؟ دوسری مرحلے میں آپ ان نشانیوں پر غور و فکر کریں جو اس میں بیان ہوئی ہیں۔ پھر جو ابہام ہوں گے انہیں اگلی بار موضوع گفتگو بنائیں گے۔" خالد علوی نے کہا۔

ملاقات کا وقت ختم ہو گیا۔ ان دونوں نے خالد علوی سے اجازت چاہی اور واپسی کی راہ لی۔

کیا کیتھی کے دل میں بھی شمع نور روشن ہوئی تھی۔

وقت اپنی مخصوص رفتار سے گزر رہا تھا۔ موسم سرما نے الوداع کہہ کر بہار کی آمد کا اعلان کر دیا۔ باغ پھولوں سے سجنے لگے، خوشبو ہوا کے آنچل میں محو رقصاں ہونے لگی، اور فضا تازگی اور مہک سے معطر ہو گئی۔ چھ ماہ کے قلیل عرصے میں عمر نے ناظرہ قرآن ختم کر لیا اور دین کا بنیادی مطالعہ مکمل کر لیا۔ خالد علوی اس کی لگن اور محنت سے متاثر ہوئے بنا نہ رہ سکے۔ اور دل ہی دل میں اس کے لیے کچھ خاص سوچنے لگے۔

"عمر بیٹا، گھر بسانے کے بارے میں بھی کچھ سوچا ہے؟" آخر کار ایک دن مدعا زبان پر لے ہی آئے۔

"جب زندگی کی ڈور اپنے ہاتھ میں تھی، تب کچھ سوچا تھا مگر اب تو سب کچھ بدل گیا ہے۔" عمر نے سوچوں کے قافلے کو ذہن سے جھٹکتے ہوئے کہا

"اگر آپ کہو تو میری نظر میں اک ہم وطن بچی ہے۔ نیک اور شریف گھرانے سے تعلق ہے۔" خالد علوی نے احتیاطاً ڈھکے چھپے انداز میں بات کی۔

"میں آپ کو اپنا سرپرست مانتا ہوں۔" عمر نے رضامندی دے دی۔

"مجھے امید ہے اس فیصلے کا آپ کی آنے والی زندگی پر اچھا اثر پڑے گا اور آپ کی آئندہ زندگی خوش آئند ہوگی۔" خالد علوی نے متانت سے کہا۔

عمر کے جانے کے بعد خالد علوی نے گھر فون کیا اور تحریم کی والدہ (رقیہ بیگم) سے رائے لینا چاہی۔

"میں بہت دنوں سے ایک بات سوچ رہا ہوں۔" وہ یہ کہہ کر خاموش ہو گئے پھر کچھ لمحے توقف کر کے بولے۔

"ہم عمر کو اپنی فرزندی میں لے لیں۔ آپ کا کیا مشورہ ہے؟" ائیر پیس سے آواز ابھری۔

"آپ استخارہ کر لیں، اوپر والے سے زیادہ کس کا مشورہ قابل اعتبار ہو گا۔" رقیہ بیگم نے رائے دی۔

"بہت نیک خیال ہے، میں آج ہی سے استخارہ کی نیت کر لیتا ہوں۔" خالد علوی نے کہہ کر فون رکھ دیا۔

استخارہ سے مطمئن ہونے کے بعد خالد علوی نے تحریم اور عمر کے ساتھ کا فیصلہ کر لیا۔ اور حتمی بات کے لیے گھر فون کیا۔

"بی اماں، تحریم اور عمر کے نکاح کے لیے جمعہ کا دن کیسا رہے گا؟" خالد علوی نے اپنی والدہ سے اجازت چاہی۔

"خالد بیٹا! کس عمر کی بات کر رہے ہو، اپنی برادری میں تو عمر نام کا کوئی جوان

نہیں۔۔"بی اماں نے استفسار کیا۔

"میں نو مسلم غیر ملکی کی بات کر رہا ہوں۔۔"خالد علوی نے وضاحت کی۔۔

باؤلے ہو گئے ہو کیا؟ جمعہ جمعہ آٹھ دن ہوئے ہیں اسے مسلمان ہوئے، اس کا کیا بھروسہ، آج مسلمان ہوا ہے، کل پھر بدل جائے۔۔"بی اماں نے شدید ناراضگی کا اظہار کیا۔

"دل دہلانے والی باتیں نہ کریں اماں! مولانا صاحب کے سامنے اسلام قبول کیا ہے اس نے، اس کو دیکھیں نا تو ہمارے جیسے پیدائشی مسلمان شرما جائیں، ایسا ایمان عطا ہوا ہے اسے، ایمان کسی کی میراث تو نہیں، رب جسے چاہے عطا کرے اور کون کتنا ایمان پر قائم رہے گا، اس کی تو کوئی گارنٹی نہیں، نہ میری، نہ آپ کی، نہ کسی اور کی۔۔"خالد علوی نے خاصی ناگواری سے کہا۔۔

اماں بیٹے کی آواز میں ناراضگی محسوس کر کے چپ سی ہو گئیں اور فون رقیہ بیگم کی طرف بڑھا دیا۔۔

"اللہ بہتر کرے گا، آپ نے استخارہ بھی تو کیا ہے نا، تو پھر اللہ کا نام لے کر بسم اللہ کریں۔"رقیہ بیگم نے رائے دی اور فون کا اسپیکر آن کر دیا۔

ٹھیک ہے بی اماں۔!"بیٹے نے اجازت چاہی۔۔۔اسپیکر سے آواز ابھری

"جیسے تم لوگوں کی مرضی پتر۔"اماں یہ کہہ کر اندر کو چل دی۔

"اے بہن! تجھے اپنی برادری کا کوئی لڑکا نہیں ملا جو وطن سے دور بیاہ کر رہی ہو وہ بھی نو مسلم، اور سونے پہ سہاگا غیر ملکی۔ کوئی اونچ نیچ ہو گئی تو کون اسے پکڑے گا تم سے ایسی بھول کی امید نہ تھی۔۔"

پڑوسن خالہ نے اپنی رائے کا اظہار کیا۔۔

"ہمیں جو بہتر لگا، ہم کر رہے ہیں۔ماں باپ بھی اولاد کا برا چاہ سکتے ہیں بھلا۔اب ایسی باتیں کر کے ماحول خراب نہ کرو۔۔" رقیہ نے تحریم کو باہر آتے دیکھ کر پڑوسن کو تنبیہ کی۔۔

بی اماں کی پریشانی، خاندان والوں کی چہ میگوئیاں، ہمسائیوں کے تبصرے سب مل کر ایک ہو گیے اور دل کی زمین بے اعتبار ہو کر شک کے بیج کے لیے زرخیز ہو گئی

اک عجیب سا درد لیے بوجھل، سیاہ اور گہری شام ڈھلنے کو تھی، سورج منہ چھپانے کو آڑ ڈھونڈ رہا تھا۔۔ پرندے دن بھر کے سفر کے بعد واپسی کی اڑان لیے اپنے اپنے گھونسلوں کی طرف گامزن تھے۔عمر نے اس منظر کی اداسی کو اپنے دل میں اترتے محسوس کیا۔

وہ کوئین میری ہسپتال کے باہر اپنی کار میں بیٹھا کیتھی کا انتظار کر رہا تھا۔اس کی نظر جانے پہچانے رستے پر بچھی جا رہی تھی۔کان قدموں کی چاپ کے منتظر، دل آنے والے کرب سے آشنا اور دماغ اک بے نام رشتے کی شام کا فیصلہ کیے مطمئن۔۔۔۔

انتظار کی گھڑیاں ختم ہوئیں اور کیتھی سفید کوٹ پہنے کار پارک کی طرف آتی دکھائی دی۔

عمر گاڑی سے باہر نکل آیا اور کیتھی کے ساتھ ساتھ چلنے لگا

"میں پاکستان جا رہا ہوں۔۔۔۔۔۔۔" وہ یہ کہہ کر خاموش ہو گیا

"شادی کرنے کے لیئے۔۔۔" کچھ لمحوں بعد اس نے کہا

کیتھی کے چلتے قدم رک گئے۔اس نے عمر کی طرف شکوہ کناں نگاہوں سے دیکھا اور

گویا ہوئی:

"پانچ ماہ سے سولہ گھنٹے کی سخت ترین جاب کے بعد اپنی پر سکون نیند اور آرام کا وقت اسلام کو جاننے میں لگا رہی ہوں، اور اب جب میں منزل کے اتنے قریب ہوں کہ اسے محسوس کرنے لگی ہوں تو مجھے معلوم ہو رہا ہے۔ یہ تو سراب ہے۔ صحرا میں پیاسی روح کی مانند جو ریت کو پانی سمجھ بیٹھی۔ تم جانتے تھے، صرف اور صرف تمہاری کشش و محبت مجھے یہاں تک لائی ہے۔ اسلامک سنٹر میں بارہا تم نے مجھے دیکھا، اسمتھ کی منتیں کرتے ہوئے، خالد علوی سے گفتگو کرتے ہوئے، یہاں وہاں سے معلومات لیتے ہوئے تب تم نے یہ صور کیوں نہیں پھونکا؟ تمہیں آج یاد آئی۔"

وہ اس پر برس پڑی۔۔

"کیوں عمر! مجھے اک بار بس اتنا بتا دو۔ اب تو میں مسلمان ہونے جا رہی ہوں۔ اب تم یہ ظلم کیوں کر رہے ہو؟"

"میں تمہاری طلب میں شریک نہیں ہونا چاہتا۔ چاہو تو اپنی طلب کو خالص کر کے اس ہستی کا نشاں پالو جس کی محبت کے بعد سب محبتیں ہیچ ہیں۔ اور چاہو تو اپنی اس زندگی کی طرف لوٹ جاؤ جو مجھ سے ملنے سے پہلے تھی۔ اس زندگی میں میرا اور تمہارا نصیب کہیں بھی نہیں ملتا۔

ہاں، میں تمہیں یہاں وہاں خوار ہوتا دیکھتا رہا، اس لیئے کہ شاید تم اس سچائی کا سرا پالو جو تمہیں ہلاکت سے بچالے۔ اس محبت کی وجہ سے جو مجھے کبھی تم سے تھی۔"

عمر نے کہا اور لمبے لمبے ڈگ بھرتا وہاں سے چل کر اپنی کار میں بیٹھا اور زن سے اپنی کار لے گیا۔

کیتھی اس کے کہے آخری فقرے کی گونج اپنی روح میں اترتی محسوس کر رہی تھی۔"

اس محبت کی وجہ سے جو مجھے کبھی تم سے تھی۔ " تھی، تھی! تھی!"

وہ بے دردی سے آنسو پونچھتے گاڑی میں بیٹھ گئی۔

خالد علوی اور عمر کی پاکستان روانگی چھ دن بعد طے پائی۔ اماں شادی کی تیاریوں میں مصروف ہو گئیں۔ تحریم کے مزاج کو دیکھتے ہوئے انتہائی سادگی کی بجائے قدرے اہتمام سے تقریب نکاح کا سوچنے لگیں۔ ویسے بھی تحریم کی اس شادی کے لیے رضامندی کے بعد غیر معمولی خاموشی انہیں ہولائے دے رہی تھی۔ اس کی چیدہ چیدہ سہیلیوں کو بلا کر اس کی مرضی سے شادی کی خریداری کے لیے رقم دے دی۔

شادی کی ساری خریداری تحریم نے اپنی مرضی سے کی۔ نت نئے مہنگے ترین ملبوسات اور زیورات خریدے۔ نکاح کے دن تحریم کو تیار کرنے کے لیے شہر کی مہنگی ترین بیوٹیشن کی خدمات لی گئیں۔

اماں آنے والی جدائی کا غم دل میں لیے، اسے من مانی کرتے دیکھتی رہیں۔

تقریب نکاح اور عام پہننے کے لیے اماں نے عمر کے چار چھ جوڑا شلوار قمیص لے لیے۔

نکاح سے اک رات پہلے خالد علوی اور عمر پاکستان پہنچ گئے۔ اماں نے سنجیدہ اور بردبار عمر کو دیکھا اور پسندیدگی کی سند دے دی۔

نکاح کے بعد سجی سنوری تحریم اپنے ہی گھر کے زیریں حصے سے بالائی حصے میں رخصت ہو کر آگئی۔ دلہن بنی وہ حسین سی گڑیا لگ رہی تھی۔

"ماشاءاللہ، چشم بد دور۔" اماں نے محبت بھری نظر ڈالی اور اس کی پیشانی پر مہر محبت

ثبت کر دی۔ وہ دعائیں دے کر چلی گئی۔

گھڑی کی سوئیاں ٹک ٹک کر کے وقت کے گزرنے کا احساس دلا رہی تھیں کہ دروازے کے پاس قدموں کی چاپ سنائی دی۔

عمر نے اندر آکر سلام کیا اور تحریم کے پاس آکر بیٹھ گیا۔

"پاکیزگی، خوبصورتی اور حیاء کا امتزاج ہی حسن کی جامع تعریف ہے۔" اس نے زیر لب کہا اور تحریم کی سماعتوں نے اسے جالیا۔

نکاح کے بول کیسے دل کی زمیں کو محبت سے سیر اب کرتے ہیں، اسے آج محسوس ہوا۔

وہ ٹکٹکی باندھے بڑی محویت سے اسے تکتا رہا۔ پھر آہستگی سے گویا ہوا۔

"کیا کہوں تمہیں، زندگی کا حسیں باب یا قدرت کا انعام؟"

تحریم نے گھونگھٹ کی اوٹ سے اسے دیکھا اس کی دلکش گہری سیاہ آنکھوں میں بے پایاں محبت کا احساس ہلکورے لیتا محسوس ہوا۔

"میں اس قابل تھا کہ اتنا نوازا جاتا؟" اس نے دھیرے سے اپنا ہاتھ اس کے ہاتھ پر رکھ دیا۔

تحریم نے بے یقینی سے اسے دیکھا پھر اس کی آنکھوں میں سچائی کا رنگ دیکھ کر سرشاری سے آنکھیں موندلیں۔

عمر کو پا کر تحریم بہت خوش تھی، اس کے خوابوں کو سچ ہونے کے لیے کسی ایسے ہی شہزادے کی ضرورت تھی جو اسے نصیحتوں کے اس زنداں سے دور لے جائے جہاں اس کے سپنوں کی حکومت ہو، اس کی خواہشوں کا راج ہو، بناء کسی شرکت غیری کے۔ وہ اس کے لیے ایسا غار تھا جس کی دوسری جانب راہ فرار اور آزادی اس کی منتظر تھی۔

عمر کی عاجزانہ طبیعت اس کے مزاج شاہی کے لیے سیڑھی بن گئی جو وہ آسماں تک جا پہنچی، عمر کے دل میں کافرانہ طرز میں گزری ہوئی زندگی کا قلق، اس کے پیدائشی مسلمان ہونے کے احساس غرور کو شے دے گیا، اس کی اکڑی ہوئی گردن کو اور کلف لگا اور وہ دل ہی دل میں عمر کے مرعوب ہونے پر مسکراتی رہی۔

کیتھی اپنے کمرے میں بند اداس اور مضمحل بیٹھی ہوئی تھی، اس کی انگلیاں پاس پڑے ٹیبل لیمپ کے سوئچ سے کھیل رہی تھی، جس سے کمرے میں اک پل کو روشنی آتی اور دوسرا پل گھنی تاریکی میں ڈوب جاتا، بہت سی سوچوں کی آماجگاہ بنا اس کا ذہن اس دھچکے کو قبول نہیں کر رہا تھا، دل و ذہن میں اک جنگ سی جاری تھی، ذہن عمر کی آخری خواہش کا ایندھن بننے سے انکاری تھا اور دل۔۔۔۔۔۔۔۔۔ دل تو سدا سے اس کا ہی تھا۔ محبوب کے قدموں کے نشاں تک چومنے پر بضد۔ وہ محبوب جو اس کا نہیں رہا تھا۔

اس نے چہرے پر بہتے آنسوؤں کو پونچھا اور بے دلی سے اسلامک سنٹر چل دی۔

خالد علوی سنٹر میں موجود نہیں تھے، مگر وہاں اسے ماضی کی ایک رقاصہ جیری مل گئی۔ لمبے سے اوور آل اور اسکارف میں ملبوس اس کا سراپا بہت پر وقار لگ رہا تھا۔ کیتھی اسے یہاں دیکھ کر بہت حیران ہوئی اور اس کی داستان پوچھے بنا نہ رہ سکی۔۔

"ایک نیک دل انسان کو کوئی شرارت سے بار میں لے آیا، انہوں نے وہیں دیوار کی طرف منہ کر کے وعظ دینا شروع کر دیا سب لوگ تو وہاں نشے میں دھت تھے، میں وہاں رقص کر رہی تھی اور ایک ساتھی ڈرم بجا رہا تھا، ہم دونوں پر اللہ کی رحمت ہوئی اور ہم نے اسلام قبول کر لیا۔ میں نے وہیں میز پر پڑی چادر سے اپنا جسم ڈھانپا اور آج تک دوبارہ اس جسم سے پارسائی کو جدا نہیں ہونے دیا۔"

کل کی چیری اور آج کی خدیجہ نے پر اعتماد لہجے میں اپنی بات بیان کی۔

"اتنی سی دیر میں تم مسلمان ہو گئی؟ بناء کچھ جانے۔؟" کیتھی نے حیرت سے استفسار کیا

"میری دوست! مجھ جیسے لوگ جو اپنی ذات اور ماحول کے گھپ اندھیرے میں کھو جاتے ہیں، انہیں اس گھنی تاریکی کا ادراک ہو ہی جاتا ہے۔ اور ان کے لیے روشنی کی اک کرن ہی تاریکی کے اس سمندر کا سینہ چیر دیتی ہے۔ بات تو صرف شعور کی ہے۔ جب میں نے روشنی کو پا ہی لیا تو کیسا تردد اور کیسی دیر۔"

وہ اسے اپنی آپ بیتی سنا کر چل دی اور انجانے میں اسے اس کشمکش سے آزاد کر دیا جو اسے جکڑے ہوئی تھی۔

کیتھی سنٹر میں ہی رک گئی اور اسمتھ کو یہاں بلانے کے لیے فون کر دیا۔

ان دنوں عکرمہ سنٹر میں وقت نکال کر آجاتا تھا۔ آج بھی وہ آیا تو اس نے کیتھی اور اسمتھ کو یہاں منتظر پایا۔

"میرے ذہن میں اک الجھن ہے، مجھے اک شخص کی محبت اسلام کے در پہ لے آئی، اب جب میرا دل اس ہدایت کو قبول کر چکا ہے، تو وہ شخص مجھے چھوڑ گیا ہے، اس کا کہنا ہے وہ میری طلب میں شریک نہیں ہونا چاہتا۔ میں اسلام قبول کرنا چاہتی ہوں مگر مکمل اطمینان کے ساتھ۔ مجھے سکون چاہیے۔" کیتھی نے روتے ہوئے کہا

"انسانی محبت کا فلسفہ و حقیقت ایک آیت کے سامنے ہیچ ہے۔"

.(المعارج ۷۰: ۸-۱۴)

"جس دن آسمان تیل کی تلچھٹ کی طرح ہو جائے گا۔ اور پہاڑ دھنی ہوئی اون کی مانند ہو جائیں گے۔ اور کوئی دوست بھی کسی دوست کو نہ پوچھے گا۔ وہ ان کو دکھائے جائیں

گے۔ مجرم تمنا کرے گا کہ کاش، اس دن کے عذاب سے چھوٹنے کے لیے اپنے بیٹوں اور اپنی بیوی اور اپنے بھائی اور اپنے اس کنبے کو جو اس کی پناہ رہا ہے اور تمام اہل زمین کو فدیہ میں دے کر اپنے کو بچالے۔“

عکرمہ نے آیت بیان کی اور کیتھی متحیر سی اپنے دل سے ہٹتے بوجھ کو محسوس کرتی رہی۔ اسے اپنے اوپر بہت افسوس ہوا جس محبت کو وہ سینچ سینچ کر دل کے نہاں خانوں میں سجا رہی ہے۔ کل آزمائش کی گھڑی میں وہ اسے اپنے فدیہ میں آگ کو پیش کرنے میں تامل نہ کرے گی۔

ایک طویل رات کی صبح اس کی زندگی میں آگئی تھی، اس نے اسلام قبول کرلیا۔

اسمتھ اسے دیکھتا رہا، اور پھر عکرمہ نے اس سے پوچھا:

"آپ بھی تو اسلام کو جان رہے ہیں آپ کا سفر کہاں تک پہنچا؟"

"میں کسی معجزے کے انتظار میں ہوں، یا شاید ابھی میرا وقت نہیں آیا۔ آپ کیا کہتے ہیں، آپ کی والی ہدایت کن لوگوں کا نصیب ہوتی ہے ؟" اسمتھ نے ٹالتے ہوئے کہا

"آپ جو بھی سوال کریں قرآن اس کا جواب دے گا، اس سے بڑا معجزہ کیا ہے؟ آپ کی باتوں کا جواب ان دو آیات میں ہے۔"

عکرمہ نے سورہ رعد کی دو آیات کا مفہوم بیان کیا۔

(۲۶) اور کافر کہتے ہیں کہ اس (پیغمبر) پر اس کے پروردگار کی طرف سے کوئی نشانی کیوں نازل نہیں ہوئی۔ کہہ دو کہ خدا جسے چاہتا ہے گمراہ کرتا ہے اور جو (اس کی طرف) رجوع ہوتا ہے اس کو اپنی طرف کا رستہ دکھاتا ہے

(۳۰) اور اگر کوئی قرآن ایسا ہوتا کہ اس (کی تاثیر) سے پہاڑ چل پڑتے یا زمین پھٹ جاتی یا مردوں سے کلام کرسکتے۔ (تو یہی قرآن ان اوصاف سے متصف ہوتا مگر)

بات یہ ہے کہ سب باتیں خدا کے اختیار میں ہیں تو کیا مومنوں کو اس سے اطمینان نہیں ہوا کہ اگر خدا چاہتا تو سب لوگوں کو ہدایت کے رستے پر چلا دیتا۔ اور کافروں پر ہمیشہ ان کے اعمال کے بدلے بلا آتی رہے گی یا ان کے مکانات کے قریب نازل ہوتی رہے گی یہاں تک کہ خدا کا وعدہ آ پہنچے۔ بے شک خدا وعدہ خلاف نہیں کرتا۔

اسمتھ نے حیرانی سے اس شخص کو دیکھا اور اس کلام کو سنا، وہ لاجواب ہو کر خاموش ہو گیا۔

سہ پہر کا وقت تھا، درختوں کے سائے لمبے ہو گئے، مؤذن عصر کی اذان کی صدائیں بلند کرنے لگے

عمر اپنی مسواک لیے وضو بنانے چل دیا، اماں تحریم کو ادائیگی فرض کی تاکید کر کے نماز قائم کرنے چل دی۔ عصر کی تسبیحات اور مغرب کے بعد جب اماں جو اٹھیں تو تحریم کو ساڑھی میں ملبوس رات کا کھانا لگانے میں مصروف دیکھا۔۔

"نماز پڑھ لی بچے؟" اماں نے استفسار کیا۔۔

"اماں پہلے تو کھانا پکانے میں مصروف تھی اور اب تو ساڑھی پہن لی ہے، تھوڑی دیر تو پہننے دیں۔ آپ بالکل فکر نہ کریں رات ساری قضاء نمازوں کی ادائیگی کر کے ہی سوؤں گی۔ آخر آپ کی ہی بیٹی ہوں۔" اس نے اپنی دانست میں اماں کی پریشانی دور کرتے ہوئے کہا

اماں نے اک یاس بھری نظر اس پر ڈالی اور عمر کو آتے دیکھ کر خاموش ہو گئیں۔

حسب معمول اماں اور عمر نے فرش پر بچھے دستر خوان پر کھانا نوش کیا اور تحریم ڈائننگ پر ساڑھی سنبھالے آہستہ آہستہ کھانا کھاتی رہی۔

39

کھانے کے بعد تحریم نے برتن سمیٹے اور عمر کی توجہ چاہنے کے لیے درد سر کا بہانہ کر کے اماں سے دوا چاہی۔

"اماں سر درد کی گولی کہاں رکھی ہے۔؟" اس نے دریافت کیا

اماں سرسوں کا تیل نکال لائی اور تحریم سے کہنے لگیں۔۔ "آؤ! تیرے سر کی مالش کر دوں، سنت میں بڑی شفاء ہے۔"

"اماں! ساڑھی پہن کر تیل سر پہ تھوپ لوں۔۔" اس نے اماں کے آگے ہاتھ جوڑ دیے

عمر اماں کے پاس آ کر بیٹھ گیا اور اپنا سر حاضر کر دیا۔

پہلی اذان کی آواز پر عمر کو مسجد جاتے اور خود ساختہ مصروفیات میں مصروف تحریم کو نماز کی تاکید کرتے کرتے وہ کبھی اپنے ان خدشات پر مسکرا دیتیں جو شادی سے پہلے ان کے دل میں تھے اور کبھی دل سے اک ہوک سی اٹھتی کہ ایسی اولاد جس کے کانوں میں پہلی صدا ہی سوہنے رب کے نام کی پڑی، پہلا لفظ اللہ سکھایا گیا، نظر، سماعت، ذائقہ، لمس، غرض ہر طریقے کو حلال سے مزین کیا، حرام سے اجتناب کیا، اس کے دل کی زمین ایسی بنجر جہاں نفس کا ناگ پھن پھیلائے کھڑا ہو گیا، اور دوسری طرف ایسا شخص جس کے جسم کی بوٹی بوٹی میں حرام کی آمیزش، اسے وہ دل نصیب ہوا جس کی زمین ہدایت کے لیے ایسی نرم و زر خیز ہو گئی۔ تیری قدرت میرے مولا!

وہ آنکھوں سے آنسو پونچھنے لگیں اور دل کو دلاسہ دیا، وقت کے ساتھ عمر بھی تحریم کو اپنے رنگ میں رنگ لے گا۔ اللہ کی رحمت، اپنی دعاؤں اور عمر کی محبت کا حصار تحریم کے گرد دیکھ کر مطمئن ہو گئی۔

اماں اس کے بالوں میں تیل لگا کر آہستہ آہستہ مالش کرنے لگیں، وہ آنکھیں

مونڈھے سکون کی وادی میں اتر گیا۔۔

اپنی اولاد کے دل پر جمی کائی کو صاف کرتے کرتے کئی بار ان کے اعصاب شل ہوئے، اس کے قلب میں خودرو اگنے والی جھاڑیوں کو ہٹاتے ہٹاتے بارہا ان کے ہاتھ زخمی ہوئے اور اب جب تھوڑی سی لذت سے محرومی کا دکھ نہ سہ پانے پر اس نے مزاحمت کرنا شروع کر دی تھی، تو وہ عمر کے درد کے بارے میں سوچ کر ملول ہو جاتیں اس شخص نے کیسے اپنے ہی ہاتھوں، اپنے دل کی زمین کو نوچا ہو گا، یہی سوچ سوال بن کر ان کے لبوں پر آگئی۔

"عمر بیٹا! ایمان تک پہنچنے کا سفر کیسے طے کر لیا؟"

"میں جہاں بستا ہوں وہاں اونچی اونچی عمارات کا بے جان جنگل ہے، جہاں زندگی کی آسائشیں اور مراعات تو ان گنت ملیں گی مگر رشتے، جذبے اور اخلاص کم ہی ملے گا، میں بھی کسی ایسے ہی بے روح رشتے کی پیداوار تھا، جو میری پیدائش پر ہی دم توڑ گیا۔"

آج آپ کے ہاتھوں کی جنبش میں مجھے پہلی بار ممتا نصیب ہوئی۔ اس نے نم آنکھوں سے کہا اور اپنی بات جاری رکھی۔۔

"ایک طوفان نے میری ذات کو آلیا، اک زلزلہ سا میرے دل میں برپا ہو گیا، کائی خس و خاشاک کی طرح بہہ گئی، جھاڑیاں اکھڑنے لگی، درد بڑھتا رہا، لہو رستا رہا، اور میں زخم زخم دل و جاں میں ایماں کا بیج بوتا گیا۔ جب طوفان تھما اور ایمان کی ننھی ننھی کونپلیں وجود میں آگئی تو میں نے اپنی خواہشات و تمناؤں کو اک الاؤ میں ڈالتا رہا اور پھر مجھے اس پہلے قدم کا اعجاز مل گیا جو پیدائشی مسلمانوں کو ماں کی گود میں مل جاتا ہے۔ اور جو مجھے پاتال کی گہرائیوں سے ایمان کی عمودی چٹان پر لے آیا۔

لیکن اک ملال نہیں جاتا ہے۔ میری روح تو پاکیزہ ہو گئی مگر میرا جسم، اس میں بہنے

والا خون آلودہ ہے۔ اس میں کفر کی نشانیوں کا زہر ملا ہوا ہے جو میں چاہ کر بھی نہیں نکال سکتا۔ اک ان دیکھی آگ میں جل رہا ہوں یہاں آ کر میری بے چینیوں کو قدرے قرار آیا ہے، محبتوں کا مرہم ملا ہے مگر اس الاؤ کی تپش تھوڑی دیر کو مدھم ہو کر پھر بھڑکتی چلی جاتی ہے۔۔۔" وہ ایک گہرا سانس لے کر خاموش ہوا۔

"کاش تم میرے بیٹے ہوتے۔؟" اماں نے فرط جذبات سے کہا

"کسی بھی نو مسلم کے لیے یہ پہلا قدم بڑا مہنگا ہوتا ہے، اس پہلے قدم پر ہی اخلاص کی ساری عمارت تعمیر ہو گی۔ اس اخلاص کے لیے ہی میں نے اک دل کو توڑ دیا میں نہیں چاہتا تھا کہ میری محبت سیاہ بادل بن کر اس کے دل پر چھائی رہے اور ہدایت کے نور اور اس کے دل کے بیچ آڑ بن جائے۔ اس لیے اخلاص میں شک کی ذرا سی رمق بھی نہ رہ جائے میں نے اپنی ذات کو اس کے لیے شجر ممنوعہ بنا دیا۔ میں ٹھیک کیا اماں! میں تو محروم نہیں رہا، دعا ہے رب اسے بھی نواز دے۔" اس نے اماں کے سامنے دل ہلکا کیا۔

وہ اس کا حال دل سن کر سوچ میں پڑ گئی، آج اگر ایمان کو جانچنے کا پیمانہ ہوتا تو کون سر اٹھا کر کھڑا ہوتا۔

مالش کروانے کے بعد عمر ہشاش بشاش چھت پر گیا تو تحریم کو محو انتظار پایا، آسمان کسی آنچل کی صورت جا بجا ٹانکے ہوئے ستاروں سے سجا بہت حسین دکھائی دے رہا تھا۔ دور تک پھیلی ہوئی چاندنی ماحول کو مسحور کر رہی تھی۔

عمر نے تحریم کا ہاتھ تھاما اور اس کا سر اپنے سینے سے ٹکا لیا۔ دونوں مل کر چاند کو تکنے لگے۔

"میرا من کرتا ہے کہ میں اس چاند کے ساتھ ساتھ ساری دنیا گھوموں، اس جہان

کی ساری روشنی کو اپنے اندر اتار لوں۔۔" تحریم نے اس منظر کے طلسم میں کھو کر کہا۔۔
"میرا بھی من کرتا ہے، ساری دنیا میں پھروں، زمین کے ہر کونے پر میری پیشانی کی مہر ہو۔۔" عمر صدق دل سے گویا ہوا

اس کی بات اور انداز سے تحریم چونک گئی، اس کی سوچ کی سوئی اماں پر آ کر اٹکی، کہیں عمر اماں سے زیادہ متاثر تو نہیں ہو رہا، نہیں ایسا نہیں ہونا چاہیے، میں ایسا نہیں ہونے دوں گی۔ اس نے باتوں باتوں میں عمر سے اپنے ویزے کی بابت پوچھا تو عمر نے اسے تسلی دی، ایک آدھ ہفتے میں مثبت جواب آ جائے گا، اور آخر اس کا ویزہ لگ گیا، جدائی کی گھڑی آ پہنچی، اماں کی آنکھوں کے گوشے پانیوں سے بھرنے لگے، اور تحریم کی آنکھوں میں خواب تاروں کی طرح سجنے لگے، گھر اور گھر والوں سے دوری کا دکھ آنے والی آزادی و بے فکری کی آہٹ تلے دب گیا، جانے والے، پیچھے رہ جانے والوں کے غم سے بے خبر، اپنی ہی دنیا کی خوشیوں میں مست رہتے ہیں اور رہ جانے والوں کے آس پاس کی فضاء بین کرتی رہ جاتی ہے۔

پل پل ماں کی ممتا سلگتی ہے
بیٹی کی پالکی جب اٹھتی ہے
در و دیوار روتے ہیں گھر کے
وداعی بین کرتی ہے۔

اماں اور بی اماں کے دکھ کے پیش نظر خالد علوی نے پاکستان مستقل قیام کا فیصلہ کر لیا۔

ہانگ کانگ ایئرپورٹ سے گھر تک کا سفر اسے کسی خواب کی طرح لگا، عمر کا گھر بھی

بہت ہی خوبصورت اور شاندار تھا، ایک دو دن کے آرام کے بعد ہی اس نے گھر کو اپنے انداز سے سجانا سنوارنا چاہا، کئی چیزوں کی جگہ بدلی اور اس دوران اسے عمر اور کیتھی (مریم) کے ماضی کی جھلک نظر آئی، جس نے اسے سیخ پا کر دیا، اور دل میں کہیں سویا ہوا شک بیدار ہو گیا

اسی وقت دستک ہوئی، تحریم تصویریں پٹختے ہوئے دروازہ کھولنے چل دی۔ سامنے عکرمہ اور مریم کو دیکھ کر اس کا جی اور مکدر ہو گیا۔ ان دونوں نے اسے شادی کی مبارک باد دی اور تحائف پیش کئے، جو اس نے بے دلی سے لے کر رکھ دیے۔ اتنی ہی دیر میں عمر بھی آ گیا، عکرمہ اور مریم کو اکٹھے دیکھ کر اسے بہت حیرت ہوئی۔

"مریم (کیتھی) نے پچھلے ماہ اسلام قبول کر لیا تھا، اور اب ہم نے زندگی ایک ساتھ گزارنے کا فیصلہ کیا ہے۔" عکرمہ نے خوشگوار لہجے میں کہا۔۔

اور مریم نے مسکرا کر اس کی بات کی تائید کی۔

"اگلے ہفتے ہماری تقریب نکاح ہے۔ امید ہے آپ ہماری خوشیوں میں شامل ہو کر رونق بخشیں گے۔" اس نے بات جاری رکھی

عمر نے مطمئن انداز میں مریم کو دیکھا آخر اس کو بھی منزل مل گئی۔

تحریم نے کچھ دیر پہلے ملی تصاویر کو عکرمہ کے سامنے میز پر رکھتے ہوئے مریم سے پوچھا

"یہ تصویر والی شخصیت آپ ہی ہیں نا؟" لمحے بھر کو عمر کا چہرہ متغیر ہوا۔

عکرمہ نے تصاویر کو اٹھا کر پھاڑ دیا اور متانت سے کہا۔۔ "ان کی حقیقت بس اتنی ہی تھی۔ زندگی حال سے عبارت ہے۔ ماضی کی راکھ سے چنگاریاں ڈھونڈنا دانشمندی نہیں ہوا کرتی۔ مریم کو میں نے آج قبول کیا ہے، اس کے ماضی اور حال کے بیچ اک حد فاصل ہے،

جو صرف دیکھنے والوں کو ہی نظر آتی ہے۔" اور عمر سے مصافحہ کر کے واپسی کا قصد کیا۔۔

"مریم! ہونہہ۔۔۔" تحریم نے تنفر سے سر جھٹکا۔۔

مریم نے عکرمہ کو اک پل رکنے کا اشارہ کیا اور عمر سے مخاطب ہوئی۔۔۔

"اپنی محبت کے بادلوں کو راہ سے ہٹانے، زندگی کی نئی راہ چن کر میری امید ختم کرنے اور دین کی طرف میرے پہلے قدم کو خالص کرنے کے لیے، آپ کا شکریہ۔" اس کی آنکھیں نم تھیں اور عکرمہ کے سنگ چل دی۔۔

ان کے جانے کے بعد تحریم نے عمر سے کہا۔۔" دو ٹھکرائے ہوئے لوگ اکٹھے کیسے لگیں گے۔" اور استہزائیہ انداز میں ہنس دی۔۔

عمر اس کے خوبصورت چہرے پر لگے غرور کے مکروہ گرہن کی کراہت محسوس کیے بناء نہ رہ سکا۔

بہت دنوں بعد عمر، تحریم کو تائی موشان لے کر آیا، یہ وہ جگہ تھی، جہاں اس کی زندگی کا رخ بدل گیا تھا، وہ بڑی عقیدت سے قدرت کی حسین مصوری کو اپنی آنکھوں مین جذب کرتا رہا۔۔

وقت گزرنے کا پتہ ہی نہ چلا، کافی دیر بعد انہوں نے واپسی کی راہ لی، پہاڑیوں کے گرد، پیچ در پیچ سڑک سے دور کھڑی عمارتوں کے جلنے بجھنے کا خوبصورت منظر دکھائی دے رہا تھا، ان مصنوعی روشنیوں کی چمک تحریم کی آنکھوں کو خیرہ کیے جا رہی تھی، کہ اچانک ایک خطرناک موڑ پر گاڑی بند ہو گئی۔ عمر نے مدد کے لیے کسی کو بلانا چاہا مگر فون کے سگنل نہیں مل رہے تھے، اک گھمبیر سناٹا ماحول پر طاری تھا، اپنی پریشانی دور کرنے کے لئے عمر نے اپنے فون میں تلاوت لگا دی۔ تحریم کے ماتھے پر شکنوں کا جال بننے لگا، سناٹے میں

تلاوت کی آواز اس کے اعصاب پر بہت بھاری پڑ رہی تھی۔ اس نے عمر کے ہاتھ سے فون لے کر تلاوت بند کر دی۔

"اس شور سے ماحول کو اور ڈراؤنا تو نہ بناؤ۔" اس نے دانت پیستے ہوئے کہا۔۔

"مجھے بہت دکھ تھا کہ میں پیدائشی مسلمان نہیں ہوں مگر آج تم نے میرا یہ دکھ یہ تاسف ختم کر دیا، میں شکر کرتا ہوں اللہ تعالیٰ کا، کہ اس نے مجھے ایمان تب دیا جب میں اس کی حرمت کا پاس بھی رکھ سکوں، اپنے ہم مذہب ساتھیوں کی بے اعتمادی کا دکھ فنا ہو گیا، کم سے کم یہ مجھے مبتلاء غرور سے تو بچا کر رکھتا ہے، میرے قدم زمین پر رہتے ہیں، بہت بہت شکریہ تحریم علوی صاحبہ۔" اس نے آگ برساتے لہجے میں کہا۔۔

ندامت کا موہوم سا احساس تحریم کے دل میں نمودار ہوا مگر غرور نے اسے زیادہ دیر اپنی سلطنت میں جگہ نہ دی۔

عمر نے پھر گاڑی اسٹارٹ کرنے کی کوشش کی اور گاڑی چل پڑی، کبھی کبھی ایک چھوٹی سی بات ذہن پر لگی گرہ کھول دیتی ہے، عمر کے ساتھ بھی ایسا ہی ہوا۔

بہت دنوں سے تحریم سے بات نہ ہوئی تھی، اماں کے دل کو اک پل قرار نہ تھا، وہ تحریم کی جدائی کا غم مٹانے اس کی سہیلی شہلا کے گھر گئی، وہاں انہیں شہلا نے تحریم کی بھیجی ہوئی تصاویر دکھائیں، اماں ان تصویروں کو ہاتھ میں اٹھائے جیسے ساکت ہو گئیں۔ جس اولاد کی پرورش انہوں نے سارے دینی لوازمات سے کی، اس اولاد پر اس تربیت کا رنگ اتنا کچا ہو گا کہ چند مہینوں میں ہی پھیکا پڑ جائے گا، انہوں نے سوچا تک نہ تھا۔ وہ بت بنی ان جامد تصاویر کو دیکھتی رہیں۔ اور اک پھر بھاری دل کے ساتھ گھر کو چل دیں۔

گردش ایام پھر رمضان تک آ پہنچی، اماں رو رو کر رب سے فریاد کرتی رہیں "میری

اک ہی اولاد ہی الٰہی! میری تمام عمر کی محنت، اسے قبول کر لے، میرے سجدے تیرے آگے دست بستہ کھڑے ہیں، میرے آنسو سوالی بن گئے ہیں، میری جھولی بھر دے مولا!"

تحریم پاکستان کلب کی رکن بن گئی، وہاں اس کی دوستی آزاد خیال پنکی سے ہوئی، یہاں کے ماحول میں تحریم کو ڈھالنے کے لیے کافی محنت کی۔ دن، ہفتوں اور مہینوں میں ڈھلتے گئے، پھر پنکی نے اسے ایک میگزین کے لیے ماڈلنگ کی پیشکش کی، جو اس نے تھوڑے سے تامل کے بعد قبول کر لی۔ اس کے بدلتے رنگ ڈھنگ دیکھتے ہوئے کئی بار عمر نے اسے سمجھانا چاہا مگر وہ اس کی ہر نصیحت کے سامنے اس کا داغدار ماضی کھڑا کر دیتی۔

"کیوں خود کو داغدار کر رہی ہو۔۔" عمر نے اسے سمجھانا چاہا۔

"تم غم نہ کرو، جب تمہارے جیسوں کے داغ اسلام کا لیبل دھو سکتا ہے، تو میں تو پھر پیدائشی مسلمان ہوں، اللہ بڑا غفور الرحیم ہے، وہ مجھے بھی معاف کر دے گا۔" اس نے بے فکری سے کہا اور پنکی سے ملنے چل دی۔۔

ٹائم اسکوئر کے باہر پنکی کا انتظار کرتے کرتے کئی بار وہ دستی گھڑی پر وقت دیکھتی، پھر نظر گھما کر آس پاس کا نظارہ کرتی اور کبھی بلڈنگ پر لگے جحیم ٹی وی پر نظر جما دیتی۔ ماہ رمضان تھا مگر اس کا روزہ نہیں تھا، آج اس کی پہلی شوٹنگ تھی، تو تر و تازہ نظر آنا اس کے لیے روزے سے زیادہ ضروری تھا۔ نظر گھوم کر پھر ٹی وی پر رکی اور وہیں ساکت ہو گئی، اک قیامت صغریٰ اس کے سامنے تھی، اس کا شہر مظفر آباد تباہ ہو چکا تھا، زلزلہ کی تباہی کا سماں اس کے سامنے ٹی وی اسکرین پر آ رہا تھا

وہ وہیں سر پکڑ کر بیٹھ گئی، اس کا شہر تباہ ہو چکا تھا، اماں، بی اماں اور بابا کے چہرے اس

کی نگاہوں کے سامنے گھوم رہے تھے، اس نے شل اعصاب لیے ایک ٹیکسی کو روکا اور گھر آ گئی۔ عمر کو بھی خبر مل چکی تھی، وہ وطن فون کر رہا تھا، مگر لائن نہیں مل رہی تھی۔ اس نے پاکستان جانے کے لئے سیٹیں بک کرا لیں، وہ دونوں ایک دوسرے سے نظریں چرا رہے تھے، اک موہوم سی امید تھی، شاید شاید ان کا گھر بچ گیا ہو، سب ٹھیک ہو۔

واپسی کا سفر اتنا کٹھن ہو گا یہ تحریم نے کبھی نہ سوچا تھا، اس کا گھر اسے کہیں نظر نہیں آیا، یہاں تو بس مٹی، گرد و غبار، اور دھند باقی رہ گئی تھی، حد نظر تک دھول اڑاتی ہوئی شوریدہ ہوا ماتم کر رہی تھی، خاموشی نوحے سنا رہی تھی، اور وہ اپنے سامنے پڑے ملبے میں اپنے حسین ہاتھوں سے مٹی کھرچ کھرچ کر اپنے اپنوں کا نشاں ڈھونڈ رہی تھی، آج اک زلزلہ اس کے وجود میں بھی آیا تھا، جس نے اس کی خواہشات کا محل زمیں بوس کر دیا، اس کی تمناؤں کے ملبے تلے دبی محبت بیدار ہوئی مگر شاید دیر ہو چکی تھی، وقت ریت کی طرح اس کی مٹھی سے پھسل چکا تھا، جانے والے یوں گئے تھے کہ اپنا نام و نشاں بھی نہ چھوڑا تھا۔ آج اس کی سسکیاں سننے والا کون تھا۔

ہوائیں نوحے سناتی ہیں،
خاموشی آہیں بھرتی ہے
سسکیوں کی گونج میں
جدائی بین کرتی ہے۔

دو ہفتے کی ناکام تلاش کے بعد بھی جب کچھ نشاں نہ ملا تو عمر نے واپسی کی ٹھانی، ویسے بھی موسم کی تندی شدت سے پر اور فضاء کا تعفن برداشت سے باہر تھا۔

پچھتاوے کسی آسیب کی طرح اس کے ساتھ چمٹ گئے تھے، وہ راتوں کو سو نہ سکتی تھی، انسان اپنی ہی نظر سے گر جائے تو بیرونی سہارے بھی بے معنی ہو جاتے ہیں۔ عمر،

مریم اور عکرمہ اس کو زندگی کی طرف لوٹانے کی طرف کوشش کرتے، اور وہ اک قیامت نگاہوں مین بسائے اور اک آفت دل میں لئے گم صم ہی رہتی۔

اس کی اماں کی پسندیدہ دعا کی گونج اس کے دل میں اتر رہی تھی،

یارب میں گنہگار ہوں، توبہ قبول ہو
عصیاں پہ شرمسار ہوں، توبہ قبول ہو
جاں سوز و دل فگار ہوں، توبہ قبول ہو
سر تا پا انکسار ہوں، توبہ قبول ہو
توبہ قبول ہو، مِری توبہ قبول ہو
گزری تمام عمر مِری لہو و لعب میں
نیکی نہیں ہے کوئی عمل کی کتاب میں
صالح عمل بھی کوئی نہیں ہے حساب میں
دستِ دُعا بلند ہے تیری جناب میں
توبہ قبول ہو میری توبہ قبول ہو
عیش و نشاط ہی میں گزاری ہے زندگی
ہر زاویے سے اپنی سنواری ہے زندگی
میرا خیال یہ تھا کہ جاری ہے زندگی
لیکن یہ حال اب ہے کہ بھاری ہے زندگی
توبہ قبول ہو میری توبہ قبول ہو
(نعت خواں: محمود الحسن اشرفی)

اس کی آنکھوں سے آنسو جاری تھے، وہ پیدائشی مسلمان تھی، اس کو رب کی طرف

لوٹایا گیا تھا، لیکن واپسی کی راہ کانٹوں سے بھری تھی اور اسے ننگے پاؤں چلنا تھا۔

نعت جاری تھی۔

تیرے کرم کو تیری عطا کو بُھلا دیا
اعمال کی جزا و سزا کو بُھلا دیا
طاقت ملی تو کرب و بلا کو بُھلا دیا
ہر ناتوا کیا ہے رسا کو بُھلا دیا
توبہ قبول ہو میری توبہ قبول ہو

میں تو سمجھ رہا تھا کہ دولت ہے جس کے پاس
اُس کو نہ کوئی خوف ہے اُس کو نہ کچھ ہراس
ہو گا نہ زندگی میں کسی وقت وہ اُداس
لیکن وہ میری بھول تھی، اب میں ہوں محوِ یاس
توبہ قبول ہو میری توبہ قبول ہو

میں ہوں گنہگار مگر تُو تو ہے کریم
میں ہوں سیاہ کار مگر تُو تو ہے رحیم
میں ہوں پناہ پذیر مگر تُو تو ہے قدیم
میں ادنیٰ و حقیر سہی تُو تو ہے عظیم
توبہ قبول ہو میری توبہ قبول ہو
یارب ترے کرم تیری رحمت کا واسطہ

یارب تِری عطا تیری نعمت کا واسطہ
یارب تیرے جلال و جلالت کا واسطہ
یارب رسولِ حق کی رسالت کا واسطہ
توبہ قبول ہو میری توبہ قبول ہو

میں اعتراف کرتا ہوں اپنے قصور کا
میں ہو گیا تھا ایسے گناہوں میں مبتلا
جن کی ہے آخرت میں کڑی سے کڑی سزا
لیکن مجھے تو تیرے کرم سے ہے آسرا
توبہ قبول ہو میری توبہ قبول ہو

انہی دنوں کچھ عربی مولانا صاحب کو ڈھونڈتے ان تک آ پہنچے، ان کی رحلت کا سن کر ان کے جسد خاکی کو عرب لے جانے کا فیصلہ کیا گیا، ان کی امانتاً دفنائی ہوئی میت جب لحد سے نکالی گئی، تو وہ پہلے دن کی طرح تازہ اور پر نور لگ رہی تھی، عمر کے ساتھ آئے اسمتھ اور دو اور غیر مسلم نے اسی وقت اسلام قبول کر لیا۔ عمر قبرستان کی فضاؤں میں اس دعا کو محسوس کر رہا تھا، جس کی گونج جانے والا اس ہوا میں چھوڑ گیا تھا۔ اک ایسی دعا جو سفر میں تھی۔

* * *